danksagung

Natürlich gibt es in diesem Buch auch Danksagungen, weil ich alleine über meinen Laptop und fragmentarische Bemühungen nicht hinausgekommen wäre.

Ich bedanke mich vor allem bei all meinen Kolleginnen und Kollegen aus der Luft, die mir ihre Erlebnisse an Bord so lebhaft geschildert, und damit das Spektrum der Anekdoten enorm erweitert haben. Ihr seid meine zweite Familie!

Mein Dank gilt auch allen meinen abertausenden Passagieren. Ohne ihre Aktionen, Reaktionen und Aussagen hätte ich diese Seiten niemals füllen können.

Außerdem bedanke ich mich bei allen Freunden, die den Erstentwurf des Manuskripts »Probe gelesen« und mit ihren Einwänden wie: »Das kannst Du in dieser Form nicht schreiben, so sind wir Passagiere nicht!«, dazu beigetragen haben, dass es gerade deshalb so wurde, wie es jetzt ist. Ich bedanke mich auch bei meiner Freundin Irina Minhard, von der ursprünglich die Idee zu diesem Buch stammt. Ganz besonders verbunden bin ich meiner Schwester Isabella Taborsky für die Illustrationen und vor allem meinem Mann Dr. Hellmuth Schwanzer-Taborsky, weil er schon nach den ersten Seiten an die Verwirklichung meines Projektes geglaubt hat. Und nicht zuletzt danke ich Angela Pengl-Böhm und Christian Böhm, die sich meines Manuskriptes angenommen haben, um wirklich ein Buch daraus zu machen.

Ich widme dieses Buch meinem leider viel zu früh verstorbenen Vater. Er war zwar anfangs enttäuscht, als ich meine fragwürdige Laufbahn als Juristin und Versicherungsmathematikerin noch während des Studiums aufgab, um mich in die Lüfte zu begeben, aber letztlich stolz auf mich, als ich dort mein berufliches Glück fand.

inhalt

vorwort

»passagiere und andere tiere«

Ich mag Passagiere, und ich mag auch Tiere.

Ich mag Passagiere – nicht immer alle im gleichen Ausmaß – aber grundsätzlich mag ich sie! Würde ich sonst seit einem Vierteljahrhundert meinen beruflichen Alltag und wenige Quadratmeter Raum mit ihnen teilen wollen?

Ich gestatte mir ein kleines Rechenexempel: Auf all den Kurz- und Langstreckeneinsätzen in meiner beruflichen Laufbahn als Flugbegleiterin begegneten mir im Durchschnitt 100 Gäste pro Flug, auf 25 Jahre aufgerechnet ergeben sich daraus circa eine halbe Million Interaktionen mit ganz verschiedenen Menschen.

Ich habe mittlerweile ein vertrautes Verhältnis zu meinen Passagieren entwickelt. Ich akzeptiere sie mit all ihren Eigenheiten, und ich habe vor allem gelernt, mich nicht mehr vor ihnen zu fürchten.

Sie überraschen mich, sie verwundern mich, sie bringen mich zum Lachen, sie bringen mich zum Nachdenken, und sie bringen mich gelegentlich auf die Palme. In jedem Fall sind sie Teil meines Lebens.

Als ich noch ein kleines Mädchen war, sagte meine Mutter oft zu mir: »Der liebe Gott hat einen sehr großen Tiergarten. In diesem Tiergarten gibt es alle nur möglichen Tiere. Da sind schnurrende Kätzchen genauso zu Hause wie beißende Hunde, spuckende Lamas, brüllende Löwen, wunderschöne Schmetterlinge, stolze Pfaue, zischende Schlangen, fleißige Bienen, singende Amseln und quakende Frösche – die sich mitunter auch zu Prinzen wach küssen lassen wollen.«

Meine Mutter hatte wie fast immer Recht. Ich habe sie alle und noch viel mehr an Bord schon getroffen.

Und ich habe in mir selbst mal das eine und mal das andere Tier entdeckt.

Viele meinen, Flugbegleiter seien in Personalunion Krankenschwester, Friedensrichter, Kellner, Lebensretter, Therapeut, Gouvernante, Schauspieler, Techniker, Wahrsager und vieles mehr.

Das mag stimmen, doch in Wahrheit kommen auch wir Flugbegleiter – tierisch ernst genommen – aus dem großen Zoo. Wir winden uns mit katzenartiger Geschmeidigkeit durch die engen Flugzeuggänge, plappern wie Papageien unsere

Bordansagen herunter, raffen wie Hyänen abgegessene Tabletts in unsere Wägen und rasten gelegentlich zusammengerollt wie Igel auf einem Klappsessel, um bei einem zehnstündigen Flug wenigstens ein paar Minuten zu entspannen.

Dieses Buch ist eine Sammlung von heiteren und ernsten Erlebnissen von Flugbegleitern, von deren Begegnungen mit Menschen verschiedenen Alters, Geschlechts, verschiedener Nationalitäten, Sprachen und Religionen, mit verschiedenen Wertvorstellungen und Ritualen.
Gott sei Dank habe ich nicht alle Situationen selbst erlebt, aber sie wurden mir glaubwürdig erzählt, und ich konnte jede einzelne nachfühlen. Manche Begebenheiten liegen viele Jahre zurück und könnten in dieser Form aufgrund erhöhter Sicherheitsbestimmungen und geänderter Voraussetzungen heute auch nicht mehr passieren.

die großen

die großen

In einem Flugzeug ist es wie auch sonst im Leben. Die tatsächlich großen Tiere verhalten sich ganz bescheiden und ruhig. Sie sind höflich, geduldig und freundlich, sie fordern nicht, sondern nehmen dankend an. Die Lauten sind immer die kleinen Tiere, die gerne groß sein wollen.
Die meisten Prominenten wollen an Bord ihre Ruhe haben, möglichst nicht erkannt werden und verabscheuen jede Form von Aufsehen. Sie sind uns Flugbegleitern dankbar, wenn wir ihr Inkognito zu bewahren helfen und sie von allen anderen Gästen abschirmen. Sie tragen oft dunkle Brillen, tief ins Gesicht gezogene Kappen oder um den Kopf gebundene Tücher. Vor anderen Gästen sind sie dann meist sicher, vor uns Flugbegleitern niemals.
Ein Autogramm mit Widmung für die kleine Schwester oder die Mutter wird heimlich erbeten und fast immer auch gerne geschrieben. Manche Angesprochene freuen sich sogar darüber und lassen uns Karten für ein Konzert oder eine Sportveranstaltung zukommen. Das wissen wir zu schätzen und nehmen wir manchmal auch gerne dankend an.

Eine Flugbegleiterin pirschte sich nach langer Überwindung an einen sehr charmanten österreichischen Schauspieler an, um ein Autogramm zu erbitten. Er überreichte es ihr und lud sie mit einem mephistoischen Lächeln zu einem Glas Wein nach dem Flug ein. Obwohl, oder wahrscheinlich gerade weil sie eine glühende Verehrerin von ihm war, antwortete sie errötend: »Danke nein, ich glaube das Autogramm reicht mir im Moment!« Sie bedauert diese voreilige Entscheidung noch heute.

✈

Gelegentlich kann es allerdings auch vorkommen, dass es selbst für uns Flugbegleiter nicht leicht ist, die Identität eines prominenten Gastes festzustellen.
Um an einer hochkarätigen Modeschau teilzunehmen reiste eine Gruppe von Supermodels an. Die Liste der Namen in der Business Class las sich wie das »Who is

who« der Schönen in der Modewelt. Alle Flugbegleiter, die männlichen ebenso wie die weiblichen, warteten gespannt auf deren Eintreffen. Die Enttäuschung war groß, als sich die Ähnlichkeit der Gäste mit den Gesichtern auf den Titelseiten der Modemagazine nur erahnen ließ.
Als ein Flugbegleiter tags darauf in einem Kaufhaus nachdenklich ein großes Kosmetikwerbeplakat mit einem der Models betrachtete, merkte eine Verkäuferin fasziniert an: »Ist sie nicht wunderschön?« Der Flugbegleiter antwortete mit leichtem Zweifel in der Stimme: »Na ja, ich hab sie gestern früh aufwachen gesehen!«

Manche Prominente gehen davon aus, dass sie erkannt und ob ihres Status bevorzugt behandelt werden.

Eine Dame, die in Österreich zweifelsfrei zur Theaterprominenz gezählt werden darf, reiste in der Economy Class nach Wien. Es gelüstete sie nach Champagner, welcher von einer Flugbegleiterin sehr gerne serviert wurde. Als die Flugbegleiterin das Getränk kassieren wollte, meinte die Dame fassungslos: »Wie bitte? Wissen Sie denn nicht, wer ich bin? Ich zahle niemals für meinen Champagner!« – »Ich weiß natürlich wer Sie sind, aber ich muss Champagner in der Economy Class abrechnen! Möchten Sie, dass ich für Sie bezahle?«, fragte die Flugbegleiterin nach. Die Dame war schließlich eine »Faire Lady« und beglich widerwillig, aber doch, ihre Rechnung. Über ihre Verarmung wurde in den Medien später nicht berichtet.

✈

Die magische Frage: »Wissen Sie nicht, wer ich bin?«, wird in einem Flugzeug öfter gestellt. Aber selbst wenn wir wissen, wer jemand ist, können wir manche Gegebenheiten im Flugzeug nicht verändern. Ganz unangenehm ist es allerdings, wenn man diese Frage stellt und nicht erkannt wird.

Ein österreichischer mustergültiger Tennisprofi wollte sich mit eben dieser Frage einen Vorteil verschaffen. Die Antwort einer Flugbegleiterin: »Es tut mir wirklich sehr leid, aber ich kenne mich bei Fußball nicht so gut aus«, dürfte für ihn ebenso schmerzhaft gewesen sein wie ein verschlagener Ball beim Davis Cup!

Auch ein anderer Gast erzielte mit der Frage nach seiner Identität nicht den erwünschten Effekt. Die Flugbegleiterin wandte sich an die umsitzenden Gäste: »Weiß vielleicht jemand, wer dieser Herr ist? Ich kann ihm seine Frage leider nicht beantworten!« Bedauerlicher Weise konnte oder wollte keiner der Anwesenden helfen.

Wenn hochrangige Gäste in offizieller Mission unterwegs sind, gibt es zumindest hinsichtlich ihrer Identität keine Unklarheiten. Pikante Details sorgen dennoch gelegentlich für Überraschung und Heiterkeit.

Es war ein Sonderflug in die Vereinigten Staaten.
An Bord befanden sich nicht sehr viele Passagiere, aber fast alle, die an Bord waren, hatten Rang und Namen.
Da saßen in erster Linie maßgebliche Politiker, deren Mitarbeiter, Berater und Vertraute, aber auch Reporter der verschiedenen Medien.
Für alle Flugbegleiter sind solche Flüge eine Herausforderung. Alles soll – nein MUSS – hundertprozentig funktionieren. Es gibt meist spezielle Bordansagen, spezielle Menüs, und überhaupt ist alles anders als auf »normalen« Flügen.
Es dürfen keine Maschen fallen und trotzdem soll die Stimmung an Bord heitere Gelassenheit ausströmen und Wohlgefühl an Bord erzeugen. Die Kabinenbesatzung soll immer da, aber dennoch unauffällig sein.
Ein flüssiger Serviceablauf gestaltet sich meist als schwierig, da während des Fluges Interviews gegeben, wichtige Gespräche geführt und Arbeitspapiere weitergereicht werden.
Eine Flugbegleiterin, die beginnen wollte, die mittlerweile hungrigen Gäste mit dem Bordmenü zu versorgen, legte die Tischtücher auf den Klapptischen auf.
Immer um das gute Klima an Bord bemüht, wandte sie sich vorsichtig an den damaligen Kopf der Regierung: »Entschuldigen Sie vielmals, darf ich Sie stören? Ich möchte gerne aufdecken« Sie erntete einen entsetzten Blick des Angesprochenen. »Was um Himmels Willen wollen Sie denn aufdecken? Ich schwöre es Ihnen, ich habe keine Monica in meinem Büro!!!«

Politiker sind oft sehr humorvoll, deshalb dürfen auch wir Flugbegleiter uns ab und zu einen kleinen Scherz erlauben.

Nach der Landung wurde an die Gäste die Garderobe verteilt. Ein Regierungsvertreter, der in seiner Funktion nicht nur mit Staatsfinanzen gut umzugehen verstand, sondern nebenbei auch die Interessen der Steuerzahler erfolgreich vertrat, nahm seinen lammfellgefütterten Mantel entgegen. Ein Flugbegleiter ließ sich zu der Aussage hinreißen: »Sie werden doch nicht etwa der »Wolf im Schafspelz« sein?«

Hochrangige Gäste haben angeblich auch so ihre Eigenheiten. Für sie werden die Flugzeuge »umgebaut«, Sitzreihen werden entfernt, Umkleidebereiche geschaffen, und Stauraum für das Gepäck in der Kabine vorbereitet. Der Vergleich mit »Air Force One« ist dennoch nur entfernt zulässig.
Selbst bei der Zusammenstellung der Menüs wird auf ganz persönliche Präferenzen eingegangen. Lieblingspralinen, spezielle Knabbereien, schokogetunkte Erdbeeren oder Lammkoteletts werden auf jedem seiner Flüge geladen, wenn der Ehrengast auch nur einmal angemerkt hat, dass er das gerne mag.
Für das Einsteigen wird ein eigenes »Ranking« erstellt, wer wann wo hinter oder vor wem über welche Stiege das Flugzeug betritt. Auch für die Besatzung gibt es Verhaltensvorschriften, wer von wem und wie wann angesprochen werden darf. Für die Erstellung der Richtlinien und deren Einhaltung ist ein staatlicher »Zeremonienmeister« verantwortlich. Sollte sich jemand abseits dieser Richtlinien bewegen, gibt es einen scharfen Verweis. Ob die Hauptakteure, nämlich die ehrenwerten Gäste, die Initiatoren der Inszenierung sind, bleibt dahingestellt. Im Normalfall sind sie Menschen wie Du und ich.
Manche kommen in die Flugzeugküche und nehmen dort unbeobachtet den einen oder anderen Drink, andere leeren ganz offiziell eine Flasche Rotwein oder Himbeergeist, ohne den Zeremonienmeister nach seiner Erlaubnis zu fragen.
Für die Besatzung zählt einzig und alleine die Zufriedenheit der Passagiere. Dennoch gibt es rein physikalische Grenzen.
Wenn die hohen Gäste mit 30 Minuten Verspätung das Flugzeug betreten, kann auch ein ehrgeiziger Zeremonienmeister eine pünktliche Landung an der gewünschten Destination nicht erzwingen, selbst wenn er sich während des Fluges mit Faustschlägen gegen die Cockpittüre Einlass zu verschaffen versucht.
Flugbegleiter sind auch solchen Situationen mit Nonchalance gewachsen: »Es tut mir sehr leid mein Herr, im Moment ist ihr Einschreiten nicht so günstig!«

Es war das Ende eines Staatsbesuches.
Der Flug hatte zu spät vom Gastgeberland abgehoben – und war demnach zu spät zu Hause gelandet. Der Kapitän gab, nachdem das Flugzeug die Parkposition erreicht hatte, über Lautsprecher das Kommando: »Cabin Crew, you may open doors«. Dies bedeutet für die Kabinenbesatzung, dass die Türen geöffnet werden DÜRFEN, sobald die äußeren Umstände dies erlauben.
Ein zweifelsfrei hoher, dem Fahrradprinzip (nach oben buckeln, nach unten treten) gehorchender Staatsdiener herrschte eine Flugbegleiterin nach dem Stillstand des Flugzeuges wie Rumpelstilzchen hektisch an: »Jetzt machen Sie doch endlich die

Türe auf!!!«. Mit stoischer Gelassenheit fragte sie: »Erlauben Sie mir zu warten, bis eine Stiege an das Flugzeug gebracht wird? Sie werden doch nicht auf den roten Teppich springen wollen?«

Immer wenn eine Fluglinie ein neues Produkt auf den Markt bringt, ist sie bemüht, dies in den Medien in angemessener Form zu publizieren. Da letztlich ein positiver Bericht in einer Zeitschrift viel mehr Gewicht hat als ein bezahltes Inserat, ist es nachvollziehbar, dass Medienvertreter sehr gerne auf Händen getragen werden.

Als wir mit einem neuen Business Class Konzept unsere Marktanteile sichern wollten, gab es auch immer wieder Journalisten, die uns auf Langstreckenflügen begleiteten. Ein namhafter Gourmetkritiker saß mit seiner Frau in der Business Class, um sich ein Bild von unserem neuen Service und unserem Haubenmenü zu machen. Die betreuende Flugbegleiterin hatte bei dem Ehepaar bereits das Hauptgericht abserviert und bisher schienen die Gäste durchaus zufrieden und positiv beeindruckt. Danach folgte der Käsewagen mit einer beachtlichen Auswahl an internationalen Käsesorten, darunter auch entzückende kleine in Schnittlauch gerollte Ziegenkäsebällchen. Der Gourmetkritiker hatte zu diesem Zeitpunkt seinen Sitzplatz in den zum Flugzeuginterieur farblich abgestimmten Bordsocken verlassen. Seine Frau ersuchte darum, dennoch den Käse zu servieren. Als die Flugbegleiterin den Teller einstellen wollte, gab es plötzlich einen nur kurzen kleinen Ruck im Flugzeug, und ein Käsebällchen verabschiedete sich der Schwerkraft folgend – geradewegs in den Schuh des Journalisten. Niemand hatte es bemerkt. Um einem späteren Desaster vorzubeugen wandte sich die Flugbegleiterin an die Ehefrau: »Entschuldigen Sie vielmals, mir ist da eben etwas sehr Peinliches passiert. Ich habe den Ziegenkäse im Schuh ihres Mannes versenkt!« Die Dame konnte sich vor Lachen kaum halten: »Dort passt er auch hin!«

Wer es sich leisten kann, bucht gerne die Business Class.
Die Gäste wissen den Komfort und den gehobenen Service zu schätzen und sind auch bereit, dafür einen entsprechenden Preis zu bezahlen. Sie sind damit weder auf den Freund Zufall angewiesen, noch müssen sie um ihren Platz feilschen.
Für Gäste, die ein Economy Class Ticket gebucht haben, gibt es aber auch die Möglichkeit, an Bord aufzuzahlen, um in den Genuss eines Platzes in der Business

Class zu kommen – so dort einer verfügbar ist. Der aufzuzahlende Betrag ist für jede Strecke festgelegt und unabhängig von dem Preis, den der Gast für sein Ticket bezahlt hat. Hat er dieses zu einem sehr günstigen Tarif gekauft, macht der Preis in Summe weniger aus, als ein von vornherein gebuchter Business Class Sitz.
Gelegentlich kommt es auch vor, dass Gäste ohne Aufzahlung einen »Joker« ziehen. Dies passiert dann, wenn die Economy Class überbucht ist, in der Business Class jedoch noch Sitze frei sind. Vom Bodenpersonal werden in so einem Fall in erster Linie »Vielflieger«, also treue Kunden selektiert.

Ein vor allem in Österreich wegen Millionenklagen, einem kolportierten millionenschweren Konkurs und Diskussionen über minderjährige Callgirls bekannter amerikanischer Staranwalt wusste offenbar um diese Optionen. Er wartete am Gate bis ganz zuletzt, in der Hoffnung ein »Auserwählter« zu sein. Leider ging seine Rechnung nicht auf. In der allerletzten Reihe der Economy Class blieb ein Sitzplatz frei – das sollte seiner sein. Der Mann betrat siegessicher das Flugzeug, reichte einer Flugbegleiterin forsch seine Kreditkarte mit den Worten: »I pay for Business Class« Mit Bedauern erklärte die Flugbegleiterin, dort keinen Sitz frei zu haben. »Don't fool me!«, antwortete der Gast, für IHN sei immer noch ein Platz vorne frei gewesen. Doch trotz des klingenden Namens auf der Kreditkarte konnte kein zusätzlicher Sitz in der Business Class herbeigezaubert werden. Der Anwalt begab sich fassungslos in die letzte Reihe der Economy Class.

✈

Es ist für uns Flugbegleiter nicht immer leicht, zu beurteilen, wie viel »Gewicht« ein Passagier gesellschaftlich oder politisch auf die Waage bringt. Vor allem dann, wenn er oder sie in unserem Heimatland nicht bekannt ist und es keine Information im Vorfeld gibt.

Auf einem Nachtflug in eine der neuen Republiken der ehemaligen UdSSR besuchte ein Gast aus der Economy Class einen Bekannten in der Business Class. Die Flugbegleiter waren tolerant, niemand möchte Passagiere verärgern. Die anderen Gäste in der Business Class waren weniger tolerant, da sie schlafen wollten und die laute Unterhaltung der Männer die nächtliche Ruhe störte. Also wurde der Gast nach einiger Zeit gebeten, wieder zu seinem Platz zurückzukehren. Die wiederholten höflichen Aufforderungen wurden ignoriert, die Flugbegleiter schließlich verbal attackiert. Durch einen glücklichen Zufall befanden sich auf diesem Flug auch Angehörige eines Polizeisonderkommandos an Bord. Eine Flugbegleiterin bat die Män-

ner um Unterstützung. Doch selbst die mittlerweile sehr bestimmte Aufforderung der Beamten, den Anordnungen der Besatzung Folge zu leisten, fruchtete nicht. Der Gast wurde aggressiv. Durch einen schnellen gekonnten Griff eines der Polizeibeamten fand sich der Mann schließlich am Boden liegend wieder, die Hände wurden am Rücken fixiert. Die Piloten informierten das Stationspersonal an der angeflogenen Destination, dass die örtliche Polizei nach der Landung einen Passagier abholen sollte. Doch nach dem Öffnen der Türen erlebte die Besatzung eine große Überraschung. Nicht der aggressive Gast, sondern die Flugbegleiter und die Sicherheitskräfte sollten sich einem Verhör stellen. Keiner der anwesenden örtlichen Polizisten wollte den, wie sich herausstellte, eigenen Polizeipräsidenten abführen.

✈

Die »Größe« unserer Gäste drückt sich nicht immer nur in deren gesellschaftlichem oder finanziellem Status, sondern auch im wirklich messbaren Bereich aus, sei es nun in der Länge oder aber in der Breite.

Die »McDonalds Gesellschaft« bringt es mit sich, dass vor allem auf Flügen von den und in die Vereinigten Staaten immer wieder reichlich übergewichtige Gäste an Bord kommen. Diese Gäste finden in EINEM Sitz kaum Platz, was kein Problem darstellt, solange der Sitz daneben frei oder der Sitznachbar ein Vertrauter ist. Ist das Flugzeug allerdings ausgebucht und der Gast daneben ein Fremder, dann sind Auseinandersetzungen vorprogrammiert. Verständlicher Weise will es niemand akzeptieren, auf einem zehnstündigen Flug nur einen halben Sitz zur Verfügung zu haben, wenn man doch einen ganzen bezahlt hat und ununterbrochen in engem Körperkontakt mit einem fremden, sehr beleibten Menschen zu sein. Die Gesetzeslage allerdings verbietet eine Diskriminierung übergewichtiger Passagiere insofern, als der Kauf eines zweiten Tickets nicht verlangt werden kann. Der gordische Knoten gehört dann uns Flugbegleitern.
Die Lösungsmöglichkeiten sind beschränkt: wenn kein zusätzlicher freier Sitzplatz vorhanden ist, muss entweder ein Gast das Flugzeug verlassen, oder neben dem Gast mit Bedarf für eineinhalb Sitze sitzt ein Gast mit Bedarf für nur einen halben Sitz.
Ich möchte mich hiermit stellvertretend bei allen Müttern bedanken, die uns immer wieder aus der Misere helfen, indem sie die halben Sitze ihrer Kinder indirekt zur Verfügung stellen.

die kleinen

die kleinen

Kinder sind unsere Kunden der Zukunft!

Das gibt ihnen einen nicht unerheblichen Stellenwert an Bord eines Flugzeuges. Dem wird in vieler Hinsicht Rechnung getragen. Bei rechtzeitiger Bestellung gibt es Kindermenüs, zum Frühstück wird Kindern heiße Schokolade angeboten, Spielzeug für jede Altersgruppe ist vorhanden und wird großzügig verteilt, und auf Langstreckenflügen sind Zeichentrickfilme im Programm vorhanden. Auf Urlaubsflügen werden Flugbegleiter zu Kindertanten oder -onkeln, die sich mit einer Engelsgeduld um unsere jüngsten Gäste kümmern. Für Babys gibt es Kinderbettchen, die an der Kabinentrennwand in der ersten Reihe montiert werden. Dort können die Kleinen in Ruhe schlafen.

✈

Kinder unter zwei Jahren dürfen auch ohne eigenen Sitzplatz – zu einem entsprechend niedrig berechneten Preis – auf den Knien einer Begleitperson reisen. Die Betonung liegt hier auf DÜRFEN! Selbstverständlich können die Eltern für ihre Babys auch einen Sitzplatz zu einem Kinderpreis kaufen, was jedoch selten passiert. Das kann auf einem langen Flug für die Eltern, aber auch für die daneben sitzenden Gäste zu einer Zerreißprobe für die Nerven werden, vor allem wenn mehrere Kleinkinder in unmittelbarer Nähe sitzen und sich gegenseitig immer wieder motivieren, in den Babychor einzustimmen. Das daraus resultierende ohrenbetäubende Konzert ist bis in den letzten Winkel des Flugzeuges zu hören und lässt sogar die dazugehörenden und an Kummer gewöhnten Mütter und Väter verzweifeln.

Angesichts von Babygschrei erklärte ein besonders innovativer Gast, dass man Babys an Bord verbieten müsste, oder aber eigene Flüge durchführen sollte, auf welchen sie ausnahmsweise erlaubt sind. Vermutlich handelte es sich dabei um einen Menschen, der bereits als Erwachsener auf die Welt gekommen ist.

Ein anderer Gast schlüpfte in die Rolle des Robin Hood und verlangte von einer Flugbegleiterin eine sofortige Stellungnahme, wie es zu dieser unglaublichen Situation kommen könne, dass eine Mutter ihr Baby stundenlang auf den Knien halten müsse. Die Flugbegleiterin erklärte dem Mann, der in keiner wie immer gearteten Beziehung zu der Mutter stand, dass die Entscheidung, ein Kinderticket und somit einen Sitzplatz für das Kind zu kaufen, alleine bei den Eltern läge. »Dann muss der Sitz daneben eben frei gelassen werden!« verlangte der Mann. In der Tat wird das auch so gehandhabt, wenn ein Flug nicht ausgebucht ist. Bei vollen Flügen hingegen gibt es eben keine freien Sitze. »Ich bedaure, aber unser Kerngeschäft besteht im Verkauf von Tickets, nicht im Verschenken derselben!« entschuldigte sich die Flugbegleiterin. Der Mutter war die Einmischung des Fremden zutiefst unangenehm.

✈

Babys haben meist einen geregelten Tagesablauf. Sie haben regelmäßige Fütterungszeiten, und daraus resultierend besteht auch die Notwendigkeit, ihre Windeln regelmäßig zu wechseln. In Flugzeugtoiletten gibt es zu diesem Zweck Wickeltische, die bei Bedarf aus der Wand geklappt werden können.

Gerade als allen Gästen das Abendessen serviert worden war, stellte eine junge Mutter fest, dass für ihr Baby die Zeit gekommen war, gewickelt zu werden. Sie legte das Kind auf ihren Sitz und begann es zu entkleiden. Der frei werdende Geruch dürfte einigen Gästen sofort den Appetit verdorben haben. Eine Flugbegleiterin ersuchte die Frau, für diese Aktivitäten die Toilette zu verwenden und bot ihr an, den Wickeltisch vorzubereiten. »Sie haben mir überhaupt nicht zu sagen, was ich tun soll!«, stellte die junge Mutter selbstbewusst fest. »Genau das tue ich aber!«, entgegnete die Flugbegleiterin, nahm schnell die Tasche mit den Babyutensilien und stellte sie in die nur drei Schritte entfernte Toilette. Unter zustimmendem Nicken der essenden Gäste und Protest der Mutter fand der Windelwechsel schließlich dort statt, wo er hingehörte.

✈

»Was Hänschen nicht lernt, lernt Hans nimmermehr« denken wir uns oft, wenn es Kindern an den Grundbegriffen des höflichen menschlichen Umgangs fehlt. So wie sie es manchmal von den »Großen« vorgemacht bekommen, reduzieren sie die Begrüßungsrituale oft auf Grimassenschneiden. Im Sprachschatz wurden längst »Bitte« und »Danke« gestrichen und stattdessen »Häh«, »Cool«, »Geil« und »Ur« eingefügt.

Ein etwa vierjähriger Bub verlangte bei einem Flugbegleiter sehr selbstbewusst: »Ich will eine Cola!« Erzieherische Maßnahmen zu setzen, ist nicht unbedingt unsere Aufgabe, dennoch versuchte es der Flugbegleiter ganz dezent mit der Frage: »Gibt es da nicht ein Zauberwort?« Nach kurzem Überlegen kam dieses auch: »Hokuspokus!«

Es kann aber auch anders gehen. Auf einem Flug nach London reiste in der Business Class eine englische Familie mit einem etwa siebenjährigen Buben. Als das Frühstück abserviert wurde, sagte der junge Gentleman in Anzug und Krawatte in nasalem Ton zur Flugbegleiterin: »Thank you Madame, this breakfast was really excellent!«
Na da kommt doch Freude auf!

✈

Kinder denken selten »ums Eck«. Sie sind in ihren Strukturen geradlinig, meist ehrlich und nicht berechnend. Auch der Gerechtigkeitssinn dürfte bei Kindern ausgeprägter sein als bei manchen Erwachsenen.

Ein kleiner Bub kontaktierte eine Flugbegleiterin, indem er sie am Ärmel zupfte: »Du Tante, auf der Toilette gibt es keine Papiertücher mehr!« Die Flugbegleiterin versprach, das Manko zu beheben, als der Bub noch eine Zusatzinformation lieferte: »Der Mann da vorne hat alle weggenommen und in einen Plastiksack gestopft!« Kurz danach kam das Kind wieder zu der Flugbegleiterin, ganz stolz hatte es die »Beute« mitgebracht. In dem Sack befand sich das gesamte Sortiment von Papiertüchern und Seifen aus der Toilette. Die Dinge wurden von der Flugbegleiterin wieder an den Ort ihrer Bestimmung zurückgebracht. Beim Aussteigen suchte der Mann offensichtlich nach einem fehlenden Gepäcksstück. Von der Flugbegleiterin befragt, ob sie helfen könne, errötete der Gast und verneinte. Der kleine Held strahlte indessen über das ganze Gesicht.

✈

Manchmal fliegen Kinder auch ganz alleine. Sobald sie fünf Jahre alt sind, besteht die Möglichkeit, sie unbegleitet auf die Reise zu schicken. Die Kinder werden schon vom Bodenpersonal betreut und der Kabinenbesatzung persönlich übergeben. Alle Flugbegleiter an Bord sind über diese speziellen jungen Gäste informiert und kümmern sich besonders aufmerksam um sie. Manche der alleine reisenden Kinder sind »Vielflieger«, sie kennen sich an Bord gut aus, wissen, was sie wollen und fordern dies auch ein. Sie scheuen sich auch nicht, eine Sitzreihe für sich alleine zu verlangen und das von den Eltern bestellte Kindermenü mit Chicken nuggets und Smarties abzulehnen, weil es total uncool ist. Oft sind sie aber auch ganz arme Mäuse, für die alles neu und fremd ist.

Ein Geschwisterpärchen mit chinesisch-europäischer Abstammung, dessen Eltern getrennt lebten, reiste über den ganzen Kontinent von einen zum anderen Elternteil. Offenbar entsprach diese Reise nicht dem Wunsch der beiden Kinder oder der Abschiedsschmerz war groß, jedenfalls kämpften sie schon beim Einsteigen in das Flugzeug mit den Tränen. Nach dem Start ließen sie ihnen dann freien Lauf, sie schluchzten abwechselnd fast während des gesamten Fluges und waren kaum zu beruhigen. Die Flugbegleiter bemühten sich unermüdlich und liebevoll um die beiden. Doch auch noch so liebe und freundliche Flugbegleiter können die Eltern nicht ersetzen.

✈

Aber selbst wenn Eltern an Bord sind, sind wir Flugbegleiter manchmal gefordert. Für Kinder sind lange Flüge oft langweilig, sie wollen nicht stundenlang sitzen und müssen ihren Bewegungsdrang ausleben. Sie kommen in die Küche, um uns zu besuchen. Sie fragen, wie wir heißen, wo wir wohnen, ob wir Kinder haben und was in jeder einzelnen Küchenlade zu finden ist. Manche Kinder haben auch ihre Freude daran, auf den Sitzen herum zu springen, lärmend in den Flugzeuggängen Nachlaufen zu spielen und andere Gäste zu belästigen. Andere verhalten sich ganz leise und montieren Teile von den Flugzeug- sitzen ab.

Eine kinderreiche arabische Familie schaffte es binnen kürzester Zeit, die erste Reihe in eine Mülldeponie zu verwandeln. Die Bemühungen der Flugbegleiter, dem Treiben ein Ende zu bereiten, waren fruchtlos. Als ein paar Buben schließlich begannen, mit Essen um sich werfen, wurden die Eltern gebeten, einzugreifen. Die Kabinenbesatzung musste zur Kenntnis nehmen, dass es – zumindest in diesem Fall – für arabische Söhne keine Verhaltensvorschriften geben dürfte, auch nicht von den Eltern. Ein Flugbegleiter raunte den Kindern leise zu: »Entweder ihr setzt euch jetzt nieder, oder ich sperre euch in der Toilette ein!« Dies dürfte einen solch ungeahnten Schock ausgelöst haben, dass die Buben dann zumindest für einige Zeit auf ihren Sitzen blieben.

✈

Manchmal sind Eltern auch einfach überfordert, wenn eine Situation eintritt, die bei ihnen enormen Stress auslöst. Ihr Vertrauen in uns Flugbegleiter ehrt uns, ihr oft inadäquates oder passives Verhalten verwundert uns.

Eine junge Frau »befreite« ihr Baby während des Starts von seinem Sitzgurt, hielt es vor sich und begann es zu schütteln. Eine Flugbegleiterin nahm die Situation zwar wahr, konnte aber zu diesem Zeitpunkt keine Aktionen setzten. Es war auch nicht klar, was die junge Frau zu dieser Handlung bewegte. Einige Minuten nach dem Start schnallte sich die Flugbegleiterin ab, um der Mutter, die bereits einen verzweifelten Eindruck machte, zu Hilfe zu eilen. »Mein Baby atmet nicht, mein Baby ist tot!«, weinte sie. Die Flugbegleiterin nahm der Frau das Kind ab und bettete es auf dem Küchentisch auf eine Decke. Der Brustkorb des Babys hob und senkte sich ganz leicht, die Atmung war vorhanden. Ein in der Reihe hinter der Mutter sitzenden Arzt zauberte ein Stethoskop aus seinem Handgepäck und bestätigte die Vermutung: das glückliche Kind schlief trotz der unsanften Behandlung der Mutter tief und fest.

✈

Mutter zu sein ist sicher keine leichte Aufgabe. Nicht in den eigenen vier Wänden, und schon gar nicht in ungewohnter Umgebung. Aufgrund der eingeschränkten Bewegungsfreiheit werden Kinder an Bord häufig unruhig und die Mütter sind manchmal mit ihrem Latein am Ende.

Ein Bub im Kindergartenalter fiel schon zu Beginn des Fluges durch sein aggressives Verhalten auf. Er verweigerte den Sitzgurt, schlug um sich und war auch durch liebevolles Zureden der Mutter kaum zu beruhigen. Nach dem Service kam eine Dame in die Bordküche und bat die Flugbegleiter um Hilfe. Der Knabe tyrannisiere andere Gäste, schlage den Vordermann auf den Kopf, die Mutter sei schon des Längeren verschwunden. Die Suche nach der Mutter war schließlich erfolgreich. Sie hatte sich weinend in einer Toilette eingesperrt, war verzweifelt und nahe einem Nervenzusammenbruch. »Bitte tun Sie was, ich kann nicht mehr!«, bat sie die Flugbegleiter. Eine erfahrene Kollegin versuchte mit Sanftmut zu dem Kind durchzudringen. Letztendlich war sie mit bösem Blick und scharfer Stimme erfolgreich, es kehrte Ruhe ein. Wann immer das Kind danach aufbegehrte, drohte die Mutter, die böse Frau mit dem roten Kleid werde gleich wieder kommen. Das steht zwar im Widerspruch zu unserem Berufsverständnis, aber in diesem Fall hat es gewirkt.

✈

Damit Kinder an Bord beschäftigt sind, nehmen Eltern vorsorglich jede Menge Spielzeug mit. Auch wir Flugbegleiter verteilen dem Alter entsprechend Malbücher, Buntstifte, Autos, Stofftiere und Geduldspiele. Manche Erwachsene fühlen sich dann benachteiligt. Sie kommen in die Küche und fragen ebenfalls nach Spielsachen, vielleicht auch deshalb, weil irgendwann wieder Weihnachten vor der Türe steht.

Ein kleines Mädchen spielte voll Hingabe mit dem neuen Steckspiel, das ihre Mutter aus dem von den Flugbegleitern angebotenen Sortiment von Spielsachen selbst ausgesucht hatte. Plötzlich wurde das Kind sehr ruhig und begann würgende Geräusche von sich zu geben. Eine Flugbegleiterin reagierte sehr schnell, beugte das Kind nach vorne und gemeinsam mit einem Arzt, der sich zum Glück sehr schnell meldete, konnte ein verschlucktes Plastikteil aus dem Rachen des Kindes wieder hervorgebracht werden.

✈

Wenn die Spielsachen uninteressant geworden sind, der Flug aber noch nicht zu Ende ist, werden Kinder langsam müde. Sie hüllen sich in ihre Decke ein und ruhen.

Eine Mutter kam aufgeregt zu einer Flugbegleiterin: »Kommen Sie schnell, Sie müssen meiner Tochter helfen!«
Die Situation war grotesk. Das Mädchen war untrennbar mit seiner Decke verbunden. Es hatte an einem Zipfel gekaut und der Stoff hatte sich in der fixen Zahnspange derart verfangen, dass die Mutter ihn nicht mehr aus dem Mund des Mädchens entfernen konnte. In der Flugzeugküche fand die »Operation« statt. Mit einer Schere schnitt die Flugbegleiterin den Zipfel der Decke so knapp wie möglich ab. Das Kind verließ das Flugzeug mit einem Knebel im Mund.

✈

Vor allem im Landeanflug haben kleine Kinder oft Probleme mit dem Druckausgleich und daher Ohrenschmerzen. Es gibt da einen Flugbegleitertrick, der medizinisch nicht ganz nachvollziehbar ist, aber er wirkt. Mit heißem Wasser getränkte Tücher werden in Plastikbecher gestopft, diese Becher werden dann über die Ohren der Kleinen gestülpt. Die warme feuchte Luft lindert vermutlich den Ohrenschmerz, und die Beschäftigungstherapie des »Bechervordieohrenhaltens« tut das Übrige dazu.

die weiblichen

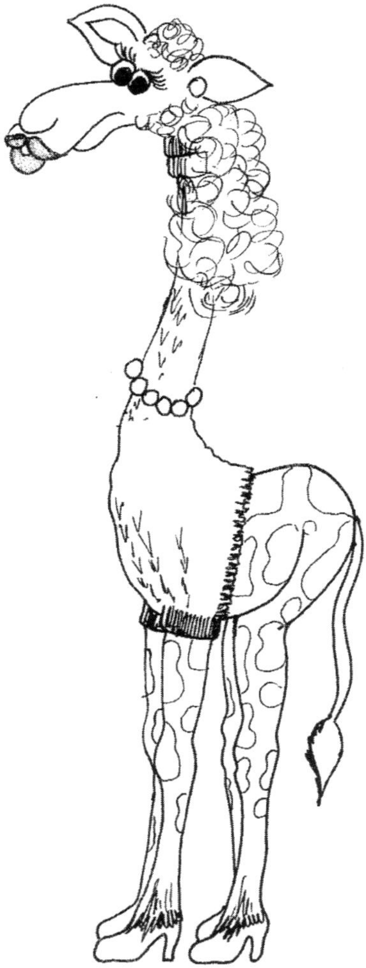

die weiblichen

Erfahrungsgemäß befinden sich an Bord von Flugzeugen fast immer mehr männliche als weibliche Passagiere. Die Relation dürfte sich im Bereich von 60:40 bewegen. Ebenso erfahrungsgemäß gibt es mit weiblichen Passagieren bei weitem weniger oft Missverständnisse oder Diskrepanzen. Ausnahmen bestätigen natürlich wie üblich die Regel.

✈

Fast alle Frauen sind davon überzeugt, etwas Besonderes zu sein. Und natürlich IST auch jede Frau etwas Besonderes, jede auf ihre eigene, spezielle Art. Das Spektrum der Möglichkeiten ihrer Selbstdarstellung ist unendlich groß. Und es sind nicht immer nur die angeblich typisch weiblichen Eigenschaften wie Verständnis, Kompromissbereitschaft, Bescheidenheit und soziale Kompetenz, mit der sich Frauen auszeichnen. Weder im täglichen Leben an sich, noch in einem Flugzeug. Vor allem wenn soziale Kompetenz und Toleranz gefragt sind, gibt es mitunter gewaltige Persönlichkeitsdefizite.

Eine elegante, gepflegte Frau mittleren Alters stieg mit ihrer halbwüchsigen Tochter ein, um an einer sonnigen Destination in Griechenland ihren Urlaub zu verbringen. Sie nahm ihren Platz am Fenster ein, das junge Mädchen saß daneben. Da das Flugzeug gut gebucht war, blieb auch der dritte Platz in der Sitzreihe nicht frei. Die Frau winkte eine Flugbegleiterin zu sich und forderte dann mit nasalem, gezogenen Ton in gestochenem Hochdeutsch: »Fräulein, nehmen Sie das Tier da weg!«
Die Flugbegleiterin sah sich suchend um und konnte nicht erkennen, welches Tier gemeint sein sollte. »Ich bin Ärztin, meine Tochter hat Flugangst, und bei diesem Tier kann sie auf gar keinen Fall sitzen. Haben Sie das verstanden?« Die Forderung war mit Nachdruck vorgebracht.
Da manche Gäste ihre Haustiere auch in den Urlaub mitnehmen, war es nicht auszuschließen, dass irgendwo ein kleiner Hund oder eine Katze in einem Käfig mit an

Bord gekommen war. Die Flugbegleiterin kontrollierte die Sitzreihe, in der die Dame saß und auch die Reihe davor und dahinter. »Verzeihen Sie, ich kann kein Tier sehen. Wo ist es denn?«, wandte sie sich nach der erfolglosen Suche wieder an die Frau. »Ich meine DIESES Tier hier. Tun Sie es jetzt ENDLICH weg!« Mit diesen Worten wies sie auf den Mann, der neben ihrer Tochter saß. Er war breitschultrig und muskulös, trug kurze Hosen und ein armloses T-Shirt, sein Kopf war kahlgeschoren. Jeder Quadratzentimeter Haut, der zu sehen war, war mit Tätowierungen übersät. Der Mann war ein wandelndes, schweigendes Bilderbuch. »Das meinen Sie jetzt nicht ernst!«, sagte die Flugbegleiterin fassungslos. »Oh doch, und ich bestimme immer noch selbst, neben wem ich oder meine Tochter sitzen«, gab die Frau nicht auf.

Die Flugbegleiterin forderte die Bordkarten ein und erklärte der Akademikerin dann: »Sie haben die Plätze 25E und 25F, da können Sie jetzt bestimmen, wer dort sitzt. Wer auf 25D sitzt, bestimmen wir.« Eine Gast aus der Reihe davor drehte sich um und fragte kopfschüttelnd: »Sagen Sie, schämen Sie sich denn gar nicht?«

Die Flugbegleiterin entschuldigte sich bei dem tätowierten Mann für die Entgleisung seiner Sitznachbarin und versprach, einen anderen Platz für ihn zu suchen. Der Mann winkte grinsend ab: »Na, lossn`sas nur bled redn, i hear des goa net. Des geht do eine und do wieda auße.« Dabei deutete er auf seine kunstvoll mit kleinen Silberringen verzierten Ohren.

»Mia gfoit der Sitz do.«

✈

Kaum ein Passagier sitzt gerne und freiwillig in der Economy Class. Auch wenn der Preis des Tickets meist keine Zweifel über die Korrektheit des zugeteilten Sitzes offen lässt, sind viele davon überzeugt, dass sie eigentlich ein Recht auf einen Platz in der wesentlich bequemeren Business Class haben. Vor allem, wenn dort leere Sitze ungenützt durch die Welt fliegen. Ich kann diesen Wunsch durchaus nachvollziehen. Die Beinfreiheit in der Economy Class ist eine eingeschränkte. Auf langen Flügen weiß man oft nicht mehr, wie man sitzen soll, ohne dass alle Muskeln verspannt sind.

Während männliche Gäste gerne mit Drohgebärden und dem Hinweis auf ihre Bedeutung als wichtiger Kunde ihre Forderungen durchsetzen wollen, versuchen es die Damen gerne mit einer List.

Der Fantasie sind keine Grenzen gesetzt, wenn es darum geht zu erklären, warum »frau« – selbstverständlich ohne Aufzahlung – ein Upgrade (eine Versetzung) in die Business Class bekommen sollte. Am häufigsten handelt es sich in den mit bemühter Überzeugung vorgebrachten Erklärungen um einen Fehler des Check-in

Personals. Beinverletzungen und Venenprobleme stehen an zweiter Stelle, der Bekannte in der Business Class, den man doch nur ganz kurz zehn Stunden lang vorne besuchen möchte, ist auch ein schlagkräftiges Argument und gehört zu den »Top Ten«. Sobald die Flugbegleiter versichern, dass der Platz sehr gerne getauscht werden kann, huscht ein triumphierendes Lächeln über die Gesichter – welches in der Sekunde verschwindet, wenn der Aufpreis dafür genannt wird.
Eine ältere Dame präsentierte den Flugbegleitern ein Blatt Papier, auf welchem sich die Erklärung befand: »Bin krank, brauchen viel Platz, nicht sprechen Deutsch!« Als der Dame erklärt wurde, sie werde bis zur Abklärung ihrer Krankheit sehr viel Platz haben, allerdings außerhalb des Flugzeuges, war die Krankheit schlagartig verschwunden, die Sprachkenntnis ebenso schlagartig vorhanden, und der zugewiesene Sitzplatz reichte plötzlich völlig aus.

Den Vogel schoss aber eine Dame ab, die die Purserette zu sprechen verlangte, um ihr Problem in Form einer Grundsatzdiskussion zu erörtern. Vorerst erklärte sie, es sei unzumutbar, so viele Passagiere auf so engem Raum ohne leere Sitze dazwischen zu transportieren. Man müsse alle Flugzeuge umbauen und jede zweite Reihe entfernen. Die Purserette erklärte, dass das eine Frage des Preises sei. Wenn nur mehr halb so viele Gäste Platz fänden, würden die Tickets doppelt so viel kosten. Die Dame fragte die Flugbegleiterin, ob sie wohl den Film »Titanic« gesehen habe. Als dies bejaht wurde, verfiel sie in einen hysterischen Schreianfall, der auch alle anderen Gäste aus dem Schlaf schrecken ließ: »Es ist hier wie in der vierten Klasse auf der Titanic, Sie sperren uns hier alle ein, Sie wollen uns alle umbringen! In diesem ungewollt komischen Theaterstück mutierten schließlich die umsitzenden Gäste von Statisten zu Hauptdarstellern. »Shut up«, war noch eine der höflichsten Aussagen, die eingebracht wurden. Es erübrigt sich zu sagen, dass ein Gratisupgrade auch in diesem Fall nicht stattfand.

Dass sich Medikamente mit Alkohol selten vertragen, dürfte auf Meeresspiegelhöhe noch durchaus verständlich sein, schließlich ist es im Beipacktext fast immer nachzulesen. In 10.000 Meter Höhe ist die Einsicht, vielleicht auch durch den geringeren Sauerstoffgehalt in der Luft, manchmal getrübt.

Während des Service begann eine junge, sehr große und kräftige Frau plötzlich zu randalieren. Sie schlug wild um sich, boxte in die Sitzlehnen vor sich, schüttete Wasser durch die Kabine und brüllte lautstark unflätige und zum Teil unverständliche Worte. Drei kräftige Flugbegleiter hatten Mühe, die Frau festzuhalten und sie daran zu hindern, sich selbst oder anderen Gästen Schaden zuzufügen. Da kein Beruhigungsversuch fruchtete, wurde sie mit den an Bord befindlichen Plastikhandschellen – eine Art Kabelbinder – mit den Händen an einen Sitz gefesselt und zusätzlich mit dem Sitzgurt festgehalten. Es stellte sich später heraus, dass die Frau Antidepressiva eingenommen und in Kombination mit zwei Gläsern Rotwein die Kontrolle über sich verloren hatte.

✈

Mit Aggressionen umzugehen gehört leider fast zum täglichen Brot der Flugbegleiter. Die Aggressionen von Gästen richten sich im gleichen Ausmaß gegen uns wie auch gegen Mitreisende. Die Ursachen sind vielfältig und oft nicht sofort erkennbar. Manchmal entsprechen sie einfach dem Charakter eines Menschen, manchmal sind sie situationsbedingt oder resultieren aus vorange- gangenen Erlebnissen. Wir Flugbegleiter sind immer um Harmonie bemüht. Wir hören zu, wir zeigen Verständnis, wir suchen nach Lösungen. Wie aber verfährt man mit einem liebesbedürftigen Gast?
Diese Frage stellte sich eine Kabinenbesatzung auf einem Flug von Kenia nach Europa.

Eine junge Frau fiel bereits zu Beginn des Fluges auf, weil sie den freundschaftlichen Kontakt zu den Flugbegleitern suchte. Mit zeitlupenartigen und sehr gestenreichen Bewegungen kam sie immer wieder in die Flugzeugküche und versicherte die Flugbegleiter mit ganz leiser Stimme ihrer Zuneigung. Sie bewunderte ihre Uniformen, die Schuhe, die Geduld und Umsichtigkeit. Auch die anderen Gäste durften Empfänger der Liebesbeteuerungen sein. Die Situation begann zu entgleisen, als die junge Frau in den Nachtstunden durch die Kabine wandelte und allen schlafenden Gästen über den Kopf streichelte. Sie stieß dabei auf wenig Verständnis und vor allem auf wenig Gegenliebe. Die geweiteten Pupillen der Frau ließen den Verdacht zu, dass sie den einen oder anderen Joint im Vorfeld geraucht hatte. Eine Flugbegleiterin setzte sich schließlich neben die Frau, redete mit ähnlich bedächtiger Stimme auf sie ein, worauf sie endlich einschlief.

✈

Auch hysterische Anfälle finden an Bord immer wieder statt. Flug-, oder Platzangst, aber auch schlicht die Gewissheit, für viele Stunden den Entscheidungen und Handlungen anderer Menschen ausgeliefert zu sein, erzeugt bei manchen Gästen einen psychischen Ausnahmezustand.

Eine junge Dame etwa Mitte Zwanzig forderte von einer Flugbegleiterin, dass diese sofort einen Arzt ausrufen müsse. Nach ihrem medizinischen Problem befragt, erklärte sie, sie habe Bluthochdruck. Sie spüre die ganze Zeit ein Kribbeln in den Fingern, habe daraufhin mit ihrem mitgebrachten Blutdruckmessgerät den Druck gemessen und als oberen Wert 120 abgelesen. »Ich gratuliere, das ist ja wunderbar«, kommentierte die Flugbegleiterin den Bericht. Da sie aber sonst einen wesentlich niedrigeren Druck habe, sei der Wert aber doch relativ gesehen ein hoher, meinte die junge Dame mit bereits schriller Stimme und verfiel dann in ein Kreischen: »Ich werde sterben, ich weiß genau, dass ich sterben werde« Die Flugbegleiterin versuchte zu beruhigen: »Sie werden nicht sterben, nicht heute und nicht auf meinem Flug!« Ein Arzt, der die Situation beobachtet hatte, kontrollierte nochmals den Blutdruck und bestätigte der jungen Frau, dass ein Blutdruck von 120 im Normbereich sei. Nach Einnahme von einigen Baldriantabletten beruhigte sie sich dann und verbrachte den Rest des Fluges schlafend.

Flugbegleiter sind wie Spürhunde. Wir hören alles, sehen alles und riechen alles. Das ist auch notwendig. Jede noch so kleine Ungewöhnlichkeit an Bord kann sicherheitsrelevant und somit von Bedeutung sein.

Zwei junge gepflegte Damen hatten das Service in der Business Class genossen und es sich danach vor den Bildschirmen bequem gemacht. Die meisten anderen Gäste schliefen bereits, das Licht in der Kabine war gedimmt. Eine Flugbegleiterin, die sich in der Kücheneinheit unmittelbar dahinter befand, nahm einen Geruch wahr, der nicht hierher gehörte. Eine der jungen Damen lackierte sich mit Hingabe die Fingernägel. Die Flugbegleiterin ersuchte sie, diese Tätigkeit auf einen späteren Zeitpunkt – nach Verlassen des Flugzeuges – zu verschieben. Eine heftige Diskussion begann sich zu entwickeln. Man habe ihr nichts zu verbieten, meinte die Dame. Auch der Einwand, dass viele Menschen den Geruch von Nagellack nicht ausstehen können, stieß auf wenig Verständnis. Schließlich bemerkte die Flugbegleiterin: »Sie werden ja auch in einem Restaurant nach dem Essen nicht beginnen, ihre Nägel zu lackieren!« – »In einem Restaurant sitzen auch nicht neben mir furzende und schnarchende Menschen! Wenn Sie mir das Lackieren meiner Fingernägel verbieten, müssen Sie auch das Furzen und Schnarchen verbieten!«, war die Antwort. Dem war nichts hinzuzufügen.

Gerüche sind in der Tat auf dem engen Raum eines Flugzeuges manchmal belastend.
Mit Einbruch des Winters habe ich selbst immer wieder ein Problem, wenn Gäste ihre warme Kleidung zum ersten Mal an die frische Luft bringen, wenn sie einen Flug antreten. Der Geruch von Naphthalin zieht sich in Sekunden durch das ganze Flugzeug und verwandelt es in eine einzige große Mottenkugel. Vor allem auf Flügen von Indien bekomme ich deshalb regelmäßig Hustanfälle, die mich fast ersticken lassen. Auch der Geruch von Erbrochenen ist nicht leicht zu ertragen, und letztlich sind es doch die Flugbegleiter, die die Misere entsorgen müssen. An sehr heißen Tagen kann es auch vorkommen, dass Körpergerüche, die nicht mehr von Deodorants überdeckt werden konnten, an uns vorbeidefilieren.
Ein wenig Parfüm an den eigenen Ohrläppchen und am Handgelenkt lässt vieles leichter ertragen. Auch Gästen ist es nicht verboten, solches zu verwenden.

Nun ist nicht jedes Parfüm jedermanns Sache, die Geschmäcker sind eben verschieden.
Eine Dame allerdings hatte das Problem, eine Flugbegleiterin absolut nicht riechen zu können. Sie erklärte, gegen deren Parfüm allergisch zu sein und stellte die Theorie auf, dass hier absichtlich und bösartig gegen sie vorgegangen werde, indem das Parfüm immer und immer wieder nachgesprüht werde.
Die Vorstellung gipfelte in einem gekonnt dargestellten Erstickungsanfall, begleitet von dem wahrhaft überraschenden Vorschlag, auf einen Sitz in der Business Class zu wechseln.
Es fand dann auch tatsächlich ein Wechsel statt: die Flugbegleiterin arbeitete in einem anderen Bereich der Kabine.

✈

Frauen sollen angeblich mehr Zugang zu mystischen Dingen, Magie und Übersinnlichem haben. Ob solche Energien auch in einem Flugzeug wirksam sind, bleibt dahingestellt.

Die meisten Toilettentüren an Bord von Flugzeugen sind durch zwei verschiedene Mechanismen zu öffnen. Entweder befindet sich eine Schnalle oder ein Drehknopf an der Tür, oder aber es handelt sich um eine Falttür, welche zum Öffnen nach Innen in die Toilette gedrückt werden muss. Bei den Türen mit der Schnalle gibt es bei der Handhabung selten Probleme, der Drehknopf ist mitunter schon eine kleine Herausforderung, bei den Falttüren allerdings kann es wirklich schwierig werden. Da wird oft gezerrt und gerüttelt, der an der Tür angebrachte Aschenbecher (ein Überbleibsel aus der Zeit als an Bord noch geraucht werden durfte) aus der Verankerung gebrochen und in der Not auch schon einmal die ganze Türe aus der Führungsschiene gerissen. Seitens der technischen Abteilung wurde diesem Umstand Rechnung getragen. Bei einigen Flugzeugen neuerer Bauart wurde an den faltbaren Toilettentüren ein Kleber angebracht. Auf diesem Kleber ist eine stilisierte Handfläche in grüner Farbe aufgedruckt, welche darauf hinweisen soll, dass man eben dort mit leichtem Druck die Türe ganz einfach öffnen kann.

Ein Flugbegleiter beobachtete eine Dame, die bereits längere Zeit ganz nah vor einer verschlossen Toilettentüre stand. Konzentriert bemühte sie sich, ihre Handfläche möglichst deckungsgleich auf die gedruckte Handfläche an der Tür zu halten. Leider ohne Erfolg! Sesam öffnete sich nicht! Der Flugbegleiter befreite die Dame aus der Situation, indem er ohne Zauberspruch und magische Körperströme die Türe einfach aufdrückte.

Entgegen anders lautender Vermutungen wird der Inhalt der Bordtoiletten nicht wie bei der Bahn einfach ins Freie abgelassen. Die Angst, dass der Toiletteninhalt klein zerstäubt oder in Form von Eiswürfeln aus 10.000 Meter Höhe zur Erde fällt, ist total unbegründet.
Die Bordtoiletten verfügen über ein abgeschlossenes System, das nach jedem Flug entleert und mit einer desinfizierenden Flüssigkeit versehen wird. Die moderne Version von Flugzeugtoiletten ist mit Vakuumspülungen ausgestattet. Der Toiletteninhalt wird beim Betätigen der Spülung mit einem durch Vakuum verursachten Sog in einen Behälter gebracht. Die Wassermengen, die sonst für eine herkömmliche Spülung benötigt werden, fallen weg.
Soweit die technische Erklärung. In der Praxis kann dieses an sich geniale System zum Problem werden.

Eine sehr beleibte Dame suchte, zum Glück erst kurz vor der Landung, die Toilette auf. Aus welchen Gründen auch immer betätigte sie die Spülung bevor sie sich von der Toilette erhoben hatte. Das Vakuum sog nicht nur den Toiletteninhalt ein. Die Dame war plötzlich auf der Toilette fest gesogen und konnte sich aus eigener Hilfe auch nicht aus dieser misslichen Lage befreien. Die Landung verbrachte sie auf der Toilette, die Rettung erfolgte durch das technische Personal an der angeflogenen Destination.

die männlichen

die männlichen

»Wann ist ein Mann ein Mann?«
Diese Frage stellte sich bereits vor vielen Jahren Herbert Grönemeyer. Die Auflistung seiner Erklärungen dazu kann man auch an Bord nachvollziehen. Sei der Beweis der Männlichkeit nun Galanterie, Ruppigkeit, Jagdverhalten oder schlicht die Präsentation der Anatomie.
Auch in der Gesprächsführung gibt es kleine, aber feine Unterschiede, die durch ein einzelnes »Y« Chromosom beeinflusst werden können.
Missverständnisse sind bekanntlich das Salz in der Suppe der menschlichen Kommunikation. Manchmal führen sie zu bösen Auseinandersetzungen, manchmal aber auch einfach zu heiteren Situationen.

Die Handgepäcksproblematik zieht sich wie ein roter Faden durch das Berufsleben von uns Flugbegleitern. Handgepäck ist immer zu groß, immer zu sperrig und immer zu viel. Ein kleiner Schrankkoffer hier, ein bis zwei Maxi-Cosi-Sitze da, ein überdimensionaler Blumenstrauß, eine Gitarre, ein gerahmtes Bild, ein Hochzeitskleid, ein Modell von einem Architektentraum im Verhältnis 1:20 gebaut, selbstverständlich mit dem Garten rundherum. All diese Dinge sollen von uns verstaut werden, mit dem Auftrag der Gäste: »Bitte aufpassen, das ist heikel!« Da es beim Flugzeug nie einen Anhänger für zusätzliches heikles Gepäck gibt, stehen wir oft vor einem unlösbaren Problem. Manchmal bleiben zum Glück Sitzplätze frei, wo wir solche Dinge verstauen und anschnallen können, manchmal müssen die Passagiere sie auf ihren Knien halten. Vor allem in den ersten Reihen und an den Notausstiegen wird es immer eng. Während alle anderen Gäste den Stauraum unter dem Vordersitz nützen können, gibt es in der ersten Reihe naturgemäß einen solchen nicht und an den Notausstiegen darf kein Gepäck platziert werden, weil es selbigen blockieren würde, wenn man ihn, Gott bewahre, einmal wirklich brauchen sollte.

Zwei deutsche Businessmänner hatten das Glück, die begehrten Plätze bei den Notausstiegen ergattert zu haben. Die Gepäcksfächer über ihren Sitzen waren bereits zum Bersten vollgeräumt, also stellte der eine Gast seinen Aktenkoffer vor sich auf den Boden, der andere hängte sein Sakko an den kleinen Haken an seinen Vordersitz. Eine gewissenhafte Flugbegleiterin machte die Gäste sehr bestimmt darauf aufmerksam: »Meine Herren, es tut mir sehr leid, aber hier darf nichts HÄNGEN und nichts STEHEN!« Die beiden Männer sahen erst einander und dann die Flugbegleiterin verwundert an. Einer der beiden meinte schließlich zweideutig schmunzelnd: »Na also wie dann jetzt?«

♂

Generationen von Flugbegleitern wurde und wird tausendfach gesagt, sie sollen mit Passagieren in ganzen, aussagekräftigen Sätzen sprechen. Einerseits ist es eine Frage der Höflichkeit, andererseits kann das Gegenüber sich leichter in ein Gespräch einbringen, wenn es weiß, worum es geht. Es ist allerdings auch durchaus verständlich, dass ein Flugbegleiter, der auf einem Langstreckenflug 50 Gäste zu betreuen hat, manchmal keine Worte mehr findet, die nicht ohnedies bereits 40-mal gesagt wurden. »Was möchten Sie gerne zu trinken« lässt sich halt auch nur beschränkt variieren. Abgekürzte Fassungen und Wiederholungen sind dann die Folge. Auch bei der Abfrage der Essensauswahl ist nach der x-ten Reihe die Frage: »Möchten Sie gerne gegrillten Lachs mit Gemüse und Reis oder lieber gebratenes Huhn mit Kartoffeln?«, und das möglichst in mindestens zwei Sprachen, eine Geduldsprobe. Zumal ungefähr 80 Prozent der Gäste die Frage mit einem »Hääa?« quittieren, weil sie Kopfhörer aufgesetzt und daher kein Wort gehört haben und im Lippenlesen nicht so bewandert sind.
Man möge also Milde walten lassen, wenn sich die Frage nach dem Speisewunsch dann irgendwann reduziert auf: »Möchten Sie Fisch oder Huhn? Do you want fish or chicken?«, mit der Variation: »Möchten Sie Huhn oder Fisch? Do you want chicken or fish?"

Einer Flugbegleiterin, die eben diesen Satz bereits mehrere Male in der einen oder anderen Form angebracht hatte, passierte dann plötzlich ein Lapsus: »Möchten Sie Fisch oder Huhn, do you want ficken or chish?« Der angesprochene Gast hatte, wie könnte es auch anders sein, keine Köpfhörer auf, er las auch nicht Zeitung – er hatte zugehört!!! Die Antwort war verblüffend: »Well I know what ficken is, but what the hell is chish?«

Es ist ohnedies immer wieder erstaunlich, dass niemand zuhört, wenn Flugbegleiter etwas Wesentliches sagen. »Schnallen Sie sich bitte an«, »Die Flugzeit wird neun Stunden und 15 Minuten betragen«, »Die Lokalzeit ist 21.30 Uhr«, »Wenn Sie ihre Landekarten ausfüllen, beachten Sie bitte unsere Flugnummer XYZ«, oder »Dieser Flug ist ein Nichtraucherflug« – all diese Sätze verhallen meist ungehört im Brummen der Triebwerke.
Die unwesentlichen Dinge allerdings werden immer gehört, und das meist über viele Reihen hinweg. Ein leises Raunen zur Kollegin: »Verdammt ich habe eine Laufmasche« zum Beispiel ist ein Satz, der sofort von allen Gästen zur Kenntnis genommen und auch gebührend kommentiert wird.
Auch jede Art von Versprechern findet weitgehend Anklang und kann auch von den lautesten Triebwerken nicht übertönt werden.

Eine Flugbegleiterin stand an ihrem Getränkewagen, Lichtjahre von der nächsten Kücheneinheit entfernt und variierte die Formel »Was darf ich Ihnen zu trinken anbieten?« von Reihe zu Reihe. Ein gesetzter älterer Herr mit Schweizer Akzent verlangte nach Champagner. Nun war es mit dem Champagner so, dass er nur in der First Class angeboten wurde. In der Economy Class war er, im Gegensatz zu Sekt, nur gegen Bezahlung zu haben und deshalb wurde er auch nicht am Getränkewagen mitgeführt.
Erfahrungswerte sagten der Flugbegleiterin, dass der Hinweis auf die Bezahlung in den meisten Fällen die Champagnerlaune vergehen ließ. Der Weg an allen Wägen vorbei in die Küche, um den Champagner zu holen, war somit auf kurzen Flügen oft reine Zeitverschwendung. Also wandte sie sehr höflich ein: »Sehr gerne! Ich muss Sie allerdings darauf aufmerksam machen, dass ich für den französischen Champagner kassieren muss« Irgendwie verhaspelte sie sich beim Sprechen, bekam einen »Knopf in der Zunge« und fügte als Alternative zum Champagner hinzu: »Aber österreichischen Sex kann ich Ihnen gratis anbieten« Der Satz war gesagt und konnte auch nicht mehr ungehört gemacht werden. Der Schweizer Gast erwiderte in stoischer Ruhe und gewohnter Schweizer Gemächlichkeit: »Fräulein, nicht dass ich Ihren Sex nicht zu schätzen wüsste, aber eigentlich wollte ich jetzt Champagner!« Die Lichtjahre zur nächsten Kücheneinheit bewältigte die Flugbegleiterin in Sekunden und wurde für den Rest des Fluges nicht mehr gesehen. Das Servieren von Champagner oder Sekt übernahm eine Kollegin.

✈

Ein deutscher Gast lässt uns heute noch rätseln, ob sein »Versprecher« absichtlich oder ein Versehen war.

Auf den Getränkewägen sind alle zur Verfügung stehenden Alkoholika, Säfte und Wasser sichtbar arrangiert. Das Sortiment verändert sich insofern gelegentlich, als auf Außenstationen Fehlendes von den Flugbegleitern für den Retourflug nachbestellt werden kann. Die nachbestellten Getränke finden sich dann, wenn sie nicht verbraucht wurden, auf den unterschiedlichsten Flügen wieder. So kann es vorkommen, dass auf einem Flug nach London japanischer Fruchtsaft angeboten wird, oder nach Deutschland französisches Mineralwasser. »Volvic« ist ein stilles Mineralwasser, in Frankreich sehr gebräuchlich, in Österreich oder Deutschland nicht so bekannt. Besagter deutscher Gast deutete auf eben dieses Mineralwasser ohne Kohlensäure und verlangte bei einer Flugbegleiterin in Lautschrift gesprochen: »Ich hätte gerne so`n »VOL-VIC« ohne Blasen«

✈

Sobald ein Flugzeug abhebt, beginnt sich die Druckkabine aufzubauen. Diese wird den Außenverhältnissen angepasst, es entsteht bei einer Reiseflughöhe von 10.000 Metern ein Druckverhältnis, das einer Höhe von ungefähr 2.400 Metern entspricht. Dementsprechend verringert sich auch der Sauerstoffgehalt in der Kabine, auch die Luftfeuchtigkeit nimmt rapide ab. Alkohol hat – das ist erwiesen – an Bord eine andere Wirkung als am Boden. Das heißt, die Wirkung an sich ist wohl dieselbe, sie tritt nur rascher ein und ist intensiver. Die Verabreichung von alkoholischen Getränken gehört jedoch zu jedem Service wie selbstverständlich dazu, wobei es auch unsere Aufgabe ist, die Notbremse zu ziehen, wenn es notwendig erscheint. Der Genuss von zu vielen Drinks hat schon so manchen Gast kollabieren lassen. Es wird also nicht verwunderlich sein, dass wir schon im Vorfeld versuchen, solche Situationen zu verhindern.
Manchmal erhärtet sich der Verdacht, dass Fluggäste, die sonst kaum Alkohol genießen, an Bord eine Ausnahme machen. Sei es nun, um vielleicht Flugangst hinunter zu spülen, oder aber auch, um etwas Neues auszuprobieren, zumal diese Getränke auf den meisten Flügen gratis zu haben sind.

Ein Gast verlangte einen »Whisky on the rocks« – mit dem Zusatz »aber bitte ohne Eis«. Die Flugbegleiter mussten bei der Bestellung in dieser Form leider passen, da sich außer den Eiswürfeln keine verwendbaren »Rocks« an Bord befanden.

✈

Alkohol und Fliegen sind offenbar untrennbare Freunde, wenn es nach der Meinung vieler Passagiere geht. Da manche Gäste fürchten, dass der Bestand an Bord irgendwann zu Ende sein könnte, versorgen sie sich auch selbst mit harten Getränken. Nicht zuletzt weil der Alkoholkonsum dann nicht mehr überprüfbar ist, ist der Genuss mitgebrachter alkoholischer Getränke an Bord nicht gestattet. Viele Gäste wissen dies und verlangen nur Becher mit Eiswürfel, um sich heimlich ihre Drinks selbst zu mischen. Es mag überraschend sein, aber Flugbegleiter durchschauen diesen Trick! Nicht selten werden dann Flaschen mit Whisky, Gin und Rum eingesammelt, mit Sitznummern versehen und erst nach der Landung wieder an die Eigentümer ausgehändigt.

Einem Gast gefiel diese Variante gar nicht, er verlangte die Purserette zu sprechen und forderte eine rechtliche Grundlage für die Vorgangsweise. »It's the law!«, erklärte die Purserette. Da der Gast darauf beharrte, einen schriftlichen Beweis für die Korrektheit der »Alkoholeinschränkung« zu sehen, meinte sie nur: »In this case, I am the law!«

Um einem eventuellen späteren Alkoholnotstand vorzubeugen, bestellte ein anderer Gast bereits beim Aperitifservice fünf verschiedene alkoholische Getränke. Den betreuenden Flugbegleiter erstaunte diese ungewöhnliche Bestellung: »Verzeihung, erwarten Sie noch Gäste?«

✈

Wenn Gäste ganz offensichtlich alkoholisiert an Bord kommen, kann ihnen die Teilnahme am Flug auch verweigert werden. Die Letztentscheidung trifft der Kapitän des Fluges, wobei er sich dabei meist auf die Einschätzung der Kabinenbesatzung verlässt. Das mag für den Betroffenen unverständlich sein, geschieht allerdings im Sinne der Sicherheit eines Fluges und zum Wohl aller anderen Gäste. Nicht immer können wir Flugbegleiter allerdings rechtzeitig feststellen, dass jemand betrunken ist. Beobachtungen anderer Gäste können oft sehr hilfreich sein.

Für einen Flug nach Paris betrat ein sehr gewichtiger japanischer Gast das Flugzeug. Er wirkte etwas abwesend, was die Flugbegleiter nicht weiter beunruhigte, da nicht jeder Gast mit Jetlag ins Verhör genommen werden kann. Der Mann verlangte beim Service nach einem Glas Rotwein, trank es, übergab sich und schlief nahtlos ein. Der Versuch den Mann zu wecken, wurde nur mit einem Grunzen beantwortet. Die Flugbegleiter deckten ihn schließlich mit Decken zu, auch um zu verhindern, dass sich der unangenehme Geruch in der Kabine verbreitete. Auch nach der Landung quittierte der Gast die Versuche, ihn durch heftiges Rütteln zu wecken, nur mit einem Grunzen. Andere Gäste berichteten dann das Unglaubliche:

Die Mitarbeiter der Sicherheitskontrolle hatten dem japanischen Gast eine Flasche Likör abnehmen wollen. Die verschärften Sicherheitsbestimmungen sehen vor, dass Flüssigkeiten nur bis zu einer Menge von 100 Milliliter mit an Bord genommen werden dürfen. Um den edlen Tropfen nicht verkommen zu lassen, hatte der Mann daraufhin die ganze Flasche vor den Augen der Kontrollen geleert. Da er unmittelbar danach an Bord kam, hatte der Alkohol wohl auch auf Grund der Leibesfülle des Gastes zu diesem Zeitpunkt seine volle Wirkung noch nicht entfaltet.
Nachdem es unmöglich war, dass der Mann aus eigener Kraft das Flugzeug verließ, wurde er vorerst von der Ambulanz medizinisch betreut und schließlich von fünf Angehörigen der Feuerwehr mit einer Bahre aus dem Flugzeug getragen.
Wer für solche Aktionen und die daraus resultierenden Verspätungen die Kosten trägt, konnte ich leider nicht in Erfahrung bringen.

✈

Männliche Fluggäste haben gelegentlich Probleme, ihren Harndrang unter Kontrolle zuhalten, vor allem wenn Alkohol im Spiel ist.

Ein japanischer Gast in der Business Class verließ seinen Platz in Richtung Toilette. Bevor er diese jedoch erreichte, bezog er Position vor einem – zum Glück leeren – Sitzplatz in der ersten Reihe und verschaffte sich Erleichterung. Erst der schrille Schrei einer Flugbegleiterin ließ den Mann aus seinem schlafwandlerischen Zustand erwachen. Der Gast war in der Passagierinformation als »Vielflieger« ausgewiesen, man konnte also davon ausgehen, dass er den Unterschied zwischen Toilette und Sitzplatz kannte. Die Situation war ihm unendlich peinlich.

Ein anderer Gast hatte mittels Preisausschreiben einen Flug plus Aufenthalt in London gewonnen. Aus lauter Freude über diesen Gewinn leerte er vermutlich bereits in der Flughafenbar das eine oder andere Gläschen und an Bord folgten weitere Gläser. Kurz vor der Landung verlangte die vernichtete Flüssigkeit nach Entleerung. Da sich das Flugzeug unmittelbar vor dem Aufsetzen auf der Landepiste befand, untersagte ein Flugbegleiter dem glücklosen Gewinner den Gang zur Toilette. Die Rache folgte auf dem Fuße. Der Mann erleichterte sich bei der Landung stehend auf dem freien Sitz neben sich. Er wurde in London von der Polizei abgeholt, verbrachte den gewonnenen Tag in Gewahrsam und durfte sich für den Retourflug bei einem Konkurrenzunternehmen ein Ticket besorgen, da ihm die Aufnahme bei uns verwehrt blieb.

Bei den Behörden endete auch für einen anderen Passagier ein Flug, diesmal in Südafrika. Ein junger Mann war bereits während des Service aufgefallen, da er mit

nacktem Oberkörper dasaß und erst nach Aufforderung durch die Flugbegleiter und Insistieren seiner Frau bereit war, sein T-Shirt wieder anzuziehen. Als alle Gäste bereits schliefen, begab sich der Mann zu den Toiletten. In der Sitzreihe davor schlief ein kleines Mädchen mit dem Kopf zur Wand und den Beinen zum Gang ausgerichtet, die Mutter saß auf dem Platz gegenüber dem Flugzeuggang. Der junge Mann konnte offenbar die Tür zur Toilette nicht ausnehmen, öffnete seine Hose und verrichtete seine Notdurft auf die Sitzreihe, in der das kleine Mädchen schlief. Das Kind selbst war durch Decken zum Glück soweit geschützt, als es nicht unmittelbar benässt wurde. Die am Boden liegende Puppe hingegen sowie die Schuhe am Boden waren mir dem Urin des Mannes durchtränkt. Die Mutter schreckte aus dem Schlaf auf und stieß den Mann weg, worauf er durch die Toilettentür fiel.
Den herbeieilenden Flugbegleitern war es nicht möglich, mit dem Mann ein klärendes Gespräch zu führen. Er war nicht ansprechbar, taumelte, und hatte geweitete Pupillen. Der Verdacht lag nahe, dass vielleicht Drogen im Spiel waren. Als der Mann Stunden später aufwachte, konnte er sich an nichts erinnern. Es wurde Anzeige erstattet, der Mann wurde von der örtlichen Polizei in Empfang genommen und in unseren internen Systemen mit einem Flugverbot versehen.

✈

Gerade während der Nachtstunden ist es besonders wichtig, dass Flugbegleiter regelmäßig die gesamte Passagierkabine kontrollieren. Wir achten darauf, dass nicht geraucht wird, die Sicherheitsvorschriften eingehalten werden, alle Gäste wohlauf sind (soweit das bei schlafenden Menschen überprüfbar ist) und niemand am Boden liegt. Zum einen würde ein am Boden liegender Gast bei einem plötzlichen Druckabfall in der Kabine seine Sauerstoffmaske nicht erreichen, zum anderen bestünde auch die Gefahr, dass er bei Dunkelheit nicht wahrgenommen und durch über ihn stolpernde Personen verletzt werden könnte.

Eine Flugbegleiterin machte ihre Kontrollrunde und fand in der Business Class einen regungslos im Gang liegenden Mann. Die Erste-Hilfe-Ausbildung sieht vor, dass in diesem Fall zunächst eine Bewusstseinskontrolle durchgeführt wird. Die Flugbegleiterin sprach den Mann an, schüttelte ihn an der Schulter, und als er darauf nicht reagierte, setzte sie einen kleinen Schmerzreiz im Nackenbereich. Die Erleichterung war groß, als der Gast daraufhin die Augen öffnete. Noch größer war die Verwunderung, als er die Flugbegleiterin recht forsch aufforderte, ihn gefälligst in Ruhe zu lassen, er wolle schlafen. Der Mann wurde höflich, aber bestimmt darauf hingewiesen, dass dies am Boden leider nicht möglich sei und gebeten, wieder auf seinen Sitz zurückzukehren. Nur wenige Minuten später fand die Flugbegleiterin den Mann zusammengerollt zwischen den Sitzreihen liegen. Es ergab sich in der Folge eine Diskussion, in welcher der Gast laut und ausfällig wurde und der Flugbegleiterin drohte, ihre Kündigung zu veranlassen, weil sie soeben einen Kunden für immer vertrieben habe. Der durch den Lärm wach gewordene Sitznachbar und Freund des Passagiers konnte ihn schließlich dazu bewegen, seinen Schlaf in seinem bequemen Business Class Sitz fortzusetzen. Ein Kündigungsschreiben wurde der Flugbegleiterin bis dato nicht zugestellt.

✈

Unsere Gäste mögen viele Stärken und Schwächen haben, Geduld gehört selten zu ihren Stärken.

Ein Flug in die Vereinigten Staaten musste wegen eines Gewitters und starker Regenfälle anstatt an der geplanten Destination auf einem anderen Flughafen landen. Es war ungewiss, ob und wann der Flug weitergeführt werden konnte, zumal der Zielflughafen durch eine Unzahl ungeplant gelandeter Flugzeuge hoffnungslos überlastet war. Die Passagiere wurden von den Piloten über die Situation informiert. Ein Gast verlangte den Verantwortlichen der Kabinenbesatzung zu sprechen: »Wann fliegen wir weiter?« Der Purser konnte die Frage nicht beantworten, da noch immer in der gesamten Region heftige Gewitter tobten. Der Gast war damit jedoch nicht zufrieden. Wenn der Pilot und auch das anwesende Bodenpersonal die gewünschte Auskunft nicht geben könne, meinte er: »Then you have to contact a higher authority!« Welche Autorität der Gast auch immer gemeint haben mag, die Antwort: »Sorry Sir, the line to the Vatican is busy!« dürfte den Nagel auf den Kopf getroffen haben. Der Flug fand an diesem Tag übrigens keine Fortsetzung mehr, CNN berichtete über schwere Überschwemmungen im gesamten Umkreis.

✈

Verspätungen sind immer unangenehm. Für Fluggäste, weil sie ihre Termine oder Anschlussflüge verpassen, und für uns Flugbegleiter, weil auch wir ein Privatleben haben. In vielen Fällen resultieren Verspätungen aus »Force Majeure« und sind somit nicht zu beeinflussen. Dennoch werden Flugbegleiter gerne zu Prügelknaben gemacht, denn an irgendjemandem muss »Mann« ja seinen Zorn auslassen dürfen.

Ein elegant gekleideter älterer Herr, der ob eines verspäteten Abflugs wegen einer beschädigten Start- und Landepiste und einer somit zu erwartenden verspäteten Lan-

dung die Chance, seinen Anschlussflug noch zu erreichen, schwinden sah, stand plötzlich in der Flugzeugküche. Mit erhobenem Zeigefinger als Drohgebärde brüllte er eine Flugbegleiterin an: »Ich warne Sie, wenn ich meinen Flug verpasse…!« Nun stellte sich einerseits die Frage, wie die Flugbegleiterin die für den Gast zweifelsfrei unangenehme Situation hätte ändern sollen. Die Uhr zurückzudrehen hätte vermutlich nicht den gewünschten Erfolg gebracht. Andererseits war auch unklar, was die Folgen für die Flugbegleiterin sein sollten, wenn das Befürchtete tatsächlich eintrat. Da der Mann vor Wut schäumte und jedem rationalen Argument verschlossen blieb, wies die Flugbegleiterin ihn an, unverzüglich zu seinem Platz zurückzukehren.
Nach der Landung konnte sie dem Gast mitteilen, dass bereits ein Bus auf ihn wartete, um ihn direkt zum nächsten Flugzeug zu bringen. Mit vielen Dankesworten und einem gekonnten Handkuss verabschiedete sich der von Mr. Hyde zu Dr. Jekyll gewordene Passagier.

✈

Pünktlichkeit ist ein dehnbarer Begriff.
In den Tickets sind eine Abflugs- und eine Ankunftszeit angegeben. In dem Zwischenraum ist nicht nur die Flugzeit eingerechnet, sondern auch die Zeit, in der sich das Flugzeug am Boden bewegt. Das bedeutet, dass ein Flugzeug, das um 18.30 Uhr starten soll, um 18.30 Uhr nicht notwendiger Weise abhebt, sondern von der Parkposition wegrollt. Wichtig ist aber letztlich, wann es an der gewünschten Destination »andockt«. Wenn das Flugzeug um 18.50 Uhr immer noch am Boden ist, muss das nicht bedeuten, dass es eine Verspätung gibt. Manchmal ist es trotzdem vor der geplanten Zeit am Ziel.

Ein deutscher Gast bemerkte nach der Ankunft an seiner Destination süffisant: »Schon wieder unpünktlich, wie üblich!« Die Flugbegleiter waren irritiert, die Gäste konnten fünfzehn Minuten vor der im Ticket angegebenen Zeit aus dem Flugzeug aussteigen. »Verzeihen Sie, wir sind VOR unserem Flugplan da!« »Sage ich ja, schon wieder unpünktlich! Wir sind nicht zu der Zeit da, zu der wir da sein sollten. Auch zu früh sein ist unpünktlich!«

✈

Männer sind von je her Jäger und Sammler. Wie sehr diese Theorie auch in unserer Zeit ihre Richtigkeit hat, sollte sich auf einem Flug aus dem ehemaligen Ostblock zeigen.

Das Flugzeug war ziemlich gut besucht. In der Business Class saßen fast ausschließlich honorige Geschäftsleute. In der Economy Class war das Publikum bunt gemischt, unter anderem saß da eine Mutter mit einem Säugling in der ersten Reihe. Unmittelbar nach dem Einsteigen der Gäste fiel einer Flugbegleiterin ein unangenehmer Geruch in der Kabine auf. Der Geruch ließ sich nicht eindeutig zuordnen, aber der Verdacht fiel bald auf die Mutter mit Säugling. Da mittlerweile auch einige der Business-Class-Passagiere die Nase rümpften, wandte sich die Flugbegleiterin an die Mutter und fragte, ob sie wohl eine Windel für ihr Baby bräuchte. Die Mutter verneinte, sie habe alles selbst mit. Etwas später erklärte die Flugbegleiterin, dass es in der Toilette Wickeltische zum Herausklappen gäbe. Wieder versicherte die Mutter, dass zurzeit keine Notwendigkeit bestünde, das Kind zu wickeln. Die Gäste in der näheren Umgebung hatten sich vermutlich in der Zwischenzeit an den Geruch gewöhnt oder aber er hatte nachgelassen, jedenfalls gab es keine weiteren Beschwerden. Nach der Landung, als alle Gepäcksfächer geöffnet und die diversen Taschen und Säcke herausgeholt wurden, verbreitete sich plötzlich ein so unerträglicher Gestank, dass niemand mehr auf die Idee kommen konnte, dies dem Baby in die Schuhe (oder besser Windel) zu schieben.
Einer der honorigen Gäste in der Business Class hatte einen Plastiksack in der Hand, aus dem das Ende eines Geweihs herausragte. Die Trophäe war noch nicht präpariert, sondern dem bei der Jagd erlegten Tier einfach nur vom Kopf gelöst worden.

Sicherheitsgurte sind, wie der Name schon sagt, dazu da, die Sicherheit des Angegurteten zu erhöhen. Für uns Flugbegleiter sind Sicherheitsgurte so sehr zur Selbstverständlichkeit geworden, dass wir selbst im Kino oder am Schilift gelegentlich automatisch zur Seite greifen, um uns anzuschnallen. Wer je während eines Fluges heftige Turbulenzen erlebt hat, und wer je die Fliehkraft bei einem plötzlichen Bremsmanöver am Boden wahrgenommen hat, wird keine Sekunde an der Notwendigkeit dieser Gurte zweifeln.
Dennoch gibt es unendlich viele Gäste, die unmittelbar nach dem Aufsetzen eines Flugzeuges ihre Gurte öffnen und auch aufstehen, um ihre Taschen aus den Gepäcksfächern zu nehmen. Diese Passagiere sind nicht nur sich selbst gegenüber verantwortungslos, sondern sie gefährden auch die Sicherheit der Gäste in ihrer Umgebung.
Bei einem unerwarteten Bremsmanöver könnte ein stehender Gast in die davor liegende Sitzreihe stürzen und das herausfallende Gepäck aus den offenen Fächern andere Passagiere verletzen.

Ein Passagier, der eben diese Gefährdung hervorrief, wurde von einer Flugbegleiterin über Lautsprecher mehrmals aufgefordert, wieder Platz zu nehmen und sich anzuschnallen. Offenbar ließ diese Aufforderung den Aggressionspegel des Mannes derart steigen, dass er beim Aussteigen die Flugbegleiterin ohne Vorwarnung und kommentarlos ins Gesicht schlug. Zwei weitere Flugbegleiter konnten den Mann festhalten, bis die Polizei eintraf. Der darauf folgende gerichtliche Prozess dauerte mehr als zwei Jahre, der Flugbegleiterin wurde Schmerzensgeld zugesprochen.

✈

Es gibt ein Gerücht, dass unter den vielen exklusiven Clubs auf dieser Welt auch der »Club der 10.000« existiert. Zu diesem Club gehören angeblich all die Auserwählten, die es geschafft haben, Sex auf 10.000 Metern Höhe zu praktizieren. Es ist rätselhaft, warum gerade ein unbequemer Flugzeugsitz mit einer Vielzahl fremder Menschen daneben, davor und dahinter, oder eine noch unbequemere Flugzeugtoilette solche Reize in sich bergen. Dennoch versuchen Passagiere immer wieder, unbemerkt diese Hürden zu überwinden. Für uns Flugbegleiter sind solche Situationen unangenehm und peinlich, um nicht zu sagen degoutant.
So manches Handgemenge unter einem Wulst von Decken wurde schon unterbunden. Was sich allerdings in den Toiletten abspielt, entzieht sich unserer Kontrolle.

Ein ziemlich verliebt und harmonisch wirkendes junges Pärchen wartete Händchen haltend auf sein Bordmenü. Ein Aperitif wurde genommen, dann verschwand der junge Mann auf die Toilette. Die Flugbegleiter servierten dem Mädchen das Abendessen. Das Tablett ihres Begleiters wurde vorerst aufgehoben. Nach einiger Zeit, die junge Dame hatte bereits aufgegessen, der Mann war noch nicht zurückgekommen, klopften die Flugbegleiter besorgt an die Toilettentür. Diese öffnete sich auch, der junge Mann kam heraus und die Tür wurde wieder von Innen verriegelt. Nun war die Neugierde der Flugbegleiter geweckt. Sie ließen die Tür nicht aus den Augen, um dann mit einiger Überraschung festzustellen, dass wenig später ein zweiter junger Mann aus der Sitzreihe hinter dem Pärchen die Toilette verließ.

Geschmacklos verhielt sich auch ein Gast in der ersten Reihe der Business Class. Zunächst schien es so, als säße da ein ganz normaler Passagier, der in einer großen Zeitung las. Der Mann hatte jedoch unbemerkt seine Kleidung geöffnet und begonnen, heimlich an sich zu arbeiten. Als eine junge Dame von der Toilette zurück in die Kabine kam, hob der Mann seine Zeitung hoch, um ihr das Ergebnis seiner Bemü-

hungen zu präsentieren. Auch eine Flugbegleiterin durfte Zeuge sein. Sie wies den Mann an, diesen Unfug zu beenden. Die Hinweise darauf, dass es sich um »Erregung öffentlichen Ärgernisses« handle und die örtlichen Behörden sich dafür mit Sicherheit mehr interessieren würden als weibliche Gäste und Flugbegleiterinnen, ließ den männlichen Stolz in sich zusammenfallen und beendete die widerliche Präsentation.

Den passenden Partner fürs Leben kann man überall finden, im Supermarkt, im Freundeskreis, im Fitnesscenter, im Internet oder auch im Flugzeug.
Anders als im Supermarkt ist es jedoch im Flugzeug sogar recht einfach, ein Gespräch mit jemandem zu beginnen. Ein Passagier hat tausend Möglichkeiten, einen Flugbegleiter anzusprechen und bekommt den Namen, ohne danach fragen zu müssen, gleich mitpräsentiert. Anders als in den Geschäften, wo Damen in grünen Kleidern Wäsche verkaufen und fantasievoll erfundene Namensschilder wie »Frau Juliana« oder »Frau Henriette« tragen, schmücken wir uns mit unserem wirklichen Vor- und Nachnamen. Die Telefonauskunft tut das übrige dazu, und so kann es vorkommen, dass eine Flugbegleiterin nach einem Zwölfstundendienst nach Hause kommt und mit einem Anruf überrascht wird: »Wir haben doch gerade auf dem Flug von A nach B so nett miteinander geplaudert, vielleicht können wir das irgendwann fortsetzen. Ich saß auf 33F, können Sie sich an mich erinnern?« Wir können uns meist nicht erinnern, es sei denn, der Gast ist sehr positiv oder sehr negativ aufgefallen.
Besonders kreative Passagiere schaffen es auch, das Hotel ausfindig zu machen, in welchem die Besatzung untergebracht ist. Nicht selten kommt es vor, dass an der Rezeption bereits ein Blumenstrauß von einem Unbekannten mit der Bitte um ein Rendez-vous auf eine Flugbegleiterin wartet. Wesentlich effizienter ist es, wenn bereits an Bord eine Visitenkarte übergeben wird, weil dann die Ungewissheit über die Person wegfällt. Manche Gäste schreiben auch nette Bemerkungen auf die Rückseite der Visitenkarte mit der Bitte um einen Anruf.

Ein Gast hatte sich sogar die Mühe gemacht, einen Brief an eine junge hübsche Flugbegleiterin zu schreiben und übergab ihr diesen beim Aussteigen.
In blumigen Worten erklärte er in diesem Schreiben, dass für ihn die Sonne aufgegangen sei, als er sie beim Einsteigen gesehen hatte. Ihr Lächeln habe den Flug zu einem unvergesslichen Erlebnis gemacht, alle Müdigkeit sei wie weggeblasen gewesen. Der Brief endete mit dem aussagekräftigen Hinweis: »Auch Klein-Oliver war in der Sekunde hellwach!«

Eine andere Flugbegleiterin kommentierte das Schreiben ganz verständnislos: »Ich habe gar nicht gesehen, dass der Mann in Begleitung eines Kindes war!«

Doch manchmal schafft es Amor wirklich, seine Pfeile in einem Flugzeug zielgenau abzuschießen. Viele meiner Kolleginnen haben ihren Traumprinzen an Bord kennen gelernt.

die exotischen

die exotischen

Ein Flugzeug ist in der ganzen Welt zu Hause und die ganze Welt ist im Flugzeug zu Hause. Da verschwimmen alle geografischen Grenzen, alle Grenzen von Sprachen, Kulturen und Ritualen. Menschen, die sonst nie miteinander sprechen würden, sitzen in einem Flugzeug plötzlich nebeneinander und wechseln sogar manchmal das eine oder andere Wort miteinander.

Nicht selten kommt es jedoch vor, dass wir Flugbegleiter den Friedensrichter zwischen Passagieren stellen müssen, weil sie einander nicht freundlich gesinnt sind und Eskalationen drohen. Sei es nun, weil der Vordermann – oder die Vorderfrau – die Sitzlehne zurückstellt, obwohl der Gast dahinter gar nicht schlafen möchte, ob das Gespräch der Nebensitzenden zu laut ist, die Kinder zappeln, jemand schnarcht, die Schuhe ausgezogen hat oder gänzlich andere Tischsitten hat. Es ist dann für uns schwer, Partei zu ergreifen. Es muss allerdings auch begreiflich sein, dass die Privatsphäre an Bord eben eine eingeschränkte ist.

Besonders schwierig wird es dann, wenn ein Flugzeug bis zum letzten Platz ausgebucht ist und es keinerlei Ausweichmöglichkeiten mehr gibt.

✈

Die Toleranz unserer Gäste gegenüber ihren Mitreisenden wird in vielen Situationen auf die Probe gestellt.

Auf Flügen in den Nahen Osten werden wir immer wieder mit der Frage konfrontiert, in welcher Richtung Mekka zu finden sei. Unsere muslimischen Gäste folgen damit einem Gesetz ihres Glaubens, zu regelmäßigen Zeiten ihre Gebete zu verrichten.

Der Gebetsteppich wird dann in Richtung der heiligen Stätte ausgebreitet, meist im Bereich der Küchen, da sonst an Bord kaum der Platz dafür vorhanden ist. Die Gebete dauern zehn bis fünfzehn Minuten, für diese Zeit ist der Durchgang auf die andere Seite des Flugzeuges »gesperrt«. Eine Berührung des Betenden, und damit Störung der rituellen Handlung, führt dazu, dass sich die »Sperre« erheblich verlängert, da der Betende wieder von vorne beginnen muss.

Auf den Strecken von und in den Nahen Osten kann auch die Interaktion zwischen weiblicher Kabinenbesatzung und männlichen Passagieren mitunter Probleme aufwerfen. »Den Anordnungen des Kabinenpersonals ist Folge zu leisten«, wird den Gästen in den Sicherheitsinformationen mitgeteilt.
Wie soll das aber funktionieren, wenn ein arabischer Mann keine Anordnung von einer Flugbegleiterin akzeptieren kann, auch nicht die noch so höflich vorgebrachte: »Nehmen Sie bitte Platz und schnallen Sie sich bitte an« Es geschieht dann ganz bestimmt schon deshalb nicht, weil es von einer Frau ausgesprochen wurde. Erst die Ansage des Kapitäns aus dem Cockpit, dass der Flug zum Start freigegeben sei, und sich nun alle Gäste anschnallen sollen, lässt ein einheitliches »Klick« in der ganzen Kabine ertönen.
Nun bleibt die Frage offen, wie sich jene Gäste ihrem Gewissenskonflikt stellen, wenn in einem Notfall eine weibliche Stimme auffordert: »Notfall! Sitzgurte öffnen! Verlassen Sie das Flugzeug!«

Vor allem auf Flügen von und nach Indien zeigt sich immer wieder, dass das Selbstverständnis eines Volkes zu Missverständnissen mit anderen Völkern führen kann.

Bei der Betreuung eines indischen Ehepaares in der Business Class stellte eine Flugbegleiterin verwundert fest, dass die Dame, wann immer das Wort an sie gerichtet wurde, die Beantwortung der Fragen ihrem Ehemann überließ. Eine Sprachbarriere dürfte nicht das Problem gewesen sein, da die Dame perfekt Englisch sprach. Dennoch bestellte der Ehemann das Menü, die Getränke, und auch sonst antwortete die Dame immer ihrem Mann, welcher dann mit den gleichen Worten das Ansinnen seiner Frau der Flugbegleiterin mitteilte. Irgendwann stellte die Flugbegleiterin dem Ehemann die Frage, warum seine Frau nicht direkt mit ihr kommuniziere. Die Antwort dürfte dem Kastendenken der indischen Bevölkerung entsprechen: Seine Frau pflege nicht mit dem normalen Personal zu reden. Dafür habe sie eigene gehobene Bedienstete, die selbst nicht arbeiten, sondern nur »vermitteln«. Da solche nicht an Bord waren, konnte nur der Ehemann die Kommunikation aufrechterhalten.

Diese Aussage als Diskriminierung zu empfinden, wäre wohl zu banal. Flugbegleiter stehen über den Dingen.

Ein anderer indischer Gast wurde sehr persönlich, als er seine Klassenvorbehalte zum Ausdruck brachte. Er wandte sich an eine Flugbegleiterin: »Do you know how we call you in our country? We call you servant!« Diese Feststellung wurde von der Flugbegleiterin schlagfertig quittiert: »Do you know how we call you in our country? We call you taxi driver!"

✈

Grundsätzlich funktioniert die Kommunikation mit indischen Gästen recht gut, da die meisten zumindest theoretisch Englisch sprechen. In der Praxis gibt es dennoch Verständigungsprobleme, da die indisch-englische Aussprache für unsere Ohren ungewohnt ist. Sämtliche Vokale und S-Laute finden den Weg von der Kehle zu den Lippen nur in abgeschwächter Form, sodass es klingt, als würde man mit eingerollter Zunge oder einem Knebel im Mund sprechen.

Ein indischer Gast kam gleich nach dem Einsteigen zu einer Flugbegleiterin in die Küche und formulierte sein Anliegen, oder zumindest verstand die Flugbegleiterin es so: »Please help me! I am dirty and my wife is dirty too!« Dem Passagier wurden Erfrischungstücher angeboten. Um sich zu reinigen wurde er auf die Toiletten verwiesen. Ganz offensichtlich war der Mann mit den Lösungsvorschlägen nicht zufrieden. Mit einem verständnislosen Kopfschütteln und ohne die Erfrischungstücher eines Blickes zu würdigen, ging er zu seinem Sitz zurück. Kurz danach kam er mit beiden Bordkarten zurück. »We want to sit together!« Die Ehefrau war in der Reihe zweiunddreißig eingecheckt, er selbst in Reihe dreißig.
Ob der Erkenntnis, dass das Problem weniger ein hygienisches als ein soziales war, weil »dirty" »thirty« und »dirty too« »thirtytwo« geheissen haben sollte, konnte dem Paar geholfen werden. Sie durften nebeneinander in Reihe vierzig sitzen.

✈

Wenn man sich ernsthaft mit seinem Gegenüber auseinander setzt, dann beginnt man gelegentlich zu »spiegeln«. Man kopiert die Körperhaltung, wendet eine ähnliche Gestik an, selbst die Sprachfärbung passt sich dem Gesprächspartner an. Wenn wir mit japanischen Gästen kommunizieren, verbeugen wir uns, muslimischen Passagieren schauen wir nicht ohne Unterbrechung in die Augen und im Gespräch mit Italienern verwenden wir gestikulierend unsere Hände.

Unsere indischen Gäste wiegen beim Sprechen den Kopf ganz leicht von links nach rechts von links nach rechts von links nach rechts…
Diese Geste bedeutet manchmal »ja«, manchmal »nein«, manchmal bedeutet sie auch gar nichts besonderes.
Eine Flugbegleiterin unterhielt sich mit einem indischen Ehepaar, animiert von deren Körpersprache begann auch sie leicht mit dem Kopf zu wackeln. Das war für den Gast nicht nachvollziehbar: »Why do you allways shake your head?«, fragte er verständnislos. Nun ja, wir schauen auch mit einem roten Punkt auf der Stirn nicht aus wie Inder, sondern wie angemalte Europäer!

✈

Jedes Volk hat so seine Eigenheiten, wenn man Vorurteilen glauben darf.
Japaner sind höflich, effizient und anspruchsvoll. Inder sind fordernd, sprechen ein lustiges Englisch und essen kein Rind. Österreicher sind gemütlich, sammeln Souvenirs und lieben guten Wein. Amerikaner akzeptieren Vorschriften, sprechen keine Fremdsprachen und führen gerne Gerichtsprozesse. Deutsche sind korrekt, haben eine eigene Art von Humor und sind gut im Organisieren. Chinesen rauchen an Bord auf den Toiletten, trinken viel Tee und spucken.

Auf den Straßen in China gehört das Spucken zum Alltagsbild, Männer wie Frauen finden es selbstverständlich, regelmäßig vor sich her zu spucken, ungeachtet der Menschen rund um sie.
In manchen Ländern ist das Spucken in der Öffentlichkeit bereits verboten und wird mit Geldstrafen geahndet. In einem Flugzeug gibt es in den Beförderungsbedingungen einen solchen Passus leider nicht.

Das dürfte ein chinesischer Passagier gewusst haben, als er von seinem Platz aufstand, in die Küche kam, aus den Untiefen seiner Kehle Material sammelte, um dieses dann in Gegenwart mehrerer Flugbegleiter lautstark auf den Küchenboden zu spucken. Die Flugbegleiter waren vorerst sprachlos. Einer erholte sich dann und konnte den Gast, der eben wieder zu seinem Sitz zurückkehren wollte, aufhalten. Er wird die darauf folgende Moralpredigt sicher nicht zur Gänze verstanden haben, der Aufforderung seinen Auswurf vom Küchenboden zu entfernen, kam er dennoch nach.

✈

Bei den meisten Fluglinien gilt ein generelles Rauchverbot an Bord. Dies entspricht den Wünschen der Kunden und erhöht die Sicherheit an Bord. Auch auf

den Toiletten ist Rauchen strengstens verboten, worauf in den Sicherheitsinformationen hingewiesen wird. Rauchmelder auf den Toiletten sollen verhindern, dass sich dort unbemerkt Feuer ausbreiten kann.
Speziell auf Flügen von und nach China wird das Verbot trotzdem immer wieder ignoriert.

Während des Service gab es auf einer Toilette einen Alarm des Rauchmelders. Dieser Alarm war in der gesamten Kabine optisch und akustisch wahrnehmbar. Für die Besatzung bedeutete dies, dass keine Zeit zu verlieren war. Während ein Flugbegleiter sich mit feuerfesten Handschuhen und einem Feuerlöscher ausrüstete, entriegelte ein anderer die Toilettentür von außen. Mit Erleichterung stellten sie fest, dass sich dort kein Feuer ausgebreitet hatte. Ein Mann saß auf der Toilette und rauchte genussvoll eine Zigarette. Der Anblick der wild entschlossenen und bis zu den Zähnen zur Feuerbekämpfung bewaffneten Flugbegleiter hat ihm hoffentlich für immer das Rauchen in Flugzeugen verleidet.

✈

Japanische Gäste sind nicht leicht durchschaubar.
Sie lächeln immer, sie sind immer zufrieden, immer höflich und rücksichtsvoll, und sie bedanken sich mit einer kleinen Verbeugung.
Das Einsteigen einer japanischen Reisegruppe verläuft im Zeitraffertempo, das Verstauen des Handgepäcks ebenso. Die Sprachbarriere ist auch selten ein Problem, da diese Gäste scheinbar bedürfnislos sind, wenn sie sich nicht mitteilen können.
In verschiedenen Passagierbefragungen stellt sich dann aber oft heraus, dass die Zufriedenheit keine echte war. Was unsere Gäste aus dem Land der aufgehenden Sonne wirklich wollen, ist manchmal schwer nachzuvollziehen.

Auf einem Flug von Tokio wurde ein japanischer Politiker als VIP angekündigt. Der Gast kam ganz zuletzt, erst wenige Minuten vor dem geplanten Abflug, an Bord. Von den bereits aufgeregt wartenden Personen seines Begleitcorps wurde noch rasch das übliche japanische Begrüßungsritual vollzogen, jeder verbeugte sich vor jedem, dann nahmen alle Gäste ihre Plätze ein, die Flugzeugtüren wurden geschlossen.
Die Purserette bezog Position neben der ersten Sitzreihe und begann mit ihrer Begrüßungsansage. Der japanische Ehrengast, der dort Platz genommen hatte, begann währenddessen, sich zu entblättern. Er legte sein Sakko ab, die Krawatte, dann das Hemd, die Schuhe, die Hose und letztendlich auch die Socken. Die Flugbegleiterin vermutete irgendwo die »versteckte Kamera«, als der Mann schließlich nur

noch mit seinen gestreiften Shorts bekleidet dasaß. Aber es gab keine. Dann schlüpfte der VIP in seinen Trainingsanzug und erklärte der Purserette, nachdem sie ihre Ansage beendet hatte, er habe sie beim Sprechen nicht stören wollen, darum sei er nicht aufgestanden, um sich auf der Toilette umzuziehen.

✈

Viele unserer Gäste bestellen bei der Buchung ihres Fluges spezielle Menüs. Dies geschieht entweder aus medizinischen oder religiösen Gründen, oder ist einfach nur eine Frage des Geschmacks.
Die Auswahl dieser Spezialessen ist vielfältig. Es gibt verschiedene Arten von vegetarischen Menüs, koscher zubereitete, Essen ohne Schweinefleisch, ohne Salz, ohne Weizen, ohne Fett, spezielle Kinderessen, Diabetikermenüs, Früchteteller, Seafood und Hindumenüs ohne Rind. Die Tendenz dieser Bestellungen ist steigend, die Handhabung an Bord mitunter schwierig, da nicht immer alle Gäste dort sitzen, wo sie eingecheckt wurden. Auf manchen Flügen gibt es fünfzig und mehr solcher Bestellungen. Bis alle Gäste mit Spezialessen gefunden und versorgt sind, werden die »normalen« Passagiere meist ungeduldig.

Auf einem Flug aus den Vereinigten Staaten waren vor allem viele vegetarische Essen bestellt worden. Diese waren bald verteilt, und die Flugbegleiter konnten mit ihrem gewohnten Service beginnen. Eine indische Dame stieß plötzlich einen spitzen Schrei aus, sie hatte unter der Folie auf ihrem Teller ein Hühnerfilet auf einem Gemüse-Reisbett vorgefunden. Die Flugbegleiterin glaubte an einen einmaligen Fehler, wurde aber bald eines Besseren belehrt. Die Kombination Reis-Gemüse-Hühnerfilet befand sich auf allen vegetarischen Menüs. Sämtliche Porzellanschüsseln wurden wieder eingesammelt. Da entgegen anders lautender Vermutungen die Menüs nicht vor Ort zubereitet, sondern fertig an Bord geliefert und dort nur aufgeheizt werden, waren die Möglichkeiten der Fehlerbehebung ziemlich beschränkt. Also fischte die Flugbegleiterin mit einer Gabel alle Hühnerfilets von den Menüs, rührte Reis und Gemüse vorsichtig durch, versah die Teller mit einem Stück Alufolie und heizte sie nochmals kurz im Heißluftofen auf. Anschließend konnten die korrigierten vegetarischen Menüs wieder verteilt werden. Auch wenn dies nicht den strengen Regeln von Vegetariern entsprach, nahmen die Gäste es mangels Alternativen an.

✈

Wenn die Erwartungen eines Kunden an Bord nicht erfüllt werden, hat er die Möglichkeit, sich zu beschweren. Das tun manche Gäste gleich vor Ort, andere schreiben an die Geschäftsleitung. Einige wenige erhoffen sich auch einen finanziellen Vorteil aus ihren Beschwerden und schalten juristische Unterstützung ein.

Auf jedem Flugzeug gibt es eine beschränkte Anzahl an Toiletten. Das Verhältnis der maximalen Passagieranzahl zur Anzahl der Toiletten ergibt ungefähr eine Toilette für 50 Gäste. Das entspricht einer Relation, die auch in Restaurants am Boden durchaus üblich ist. In der Business-Class ist die Verhältniszahl geringer, zwei der Toiletten sind alleine für diese Gäste reserviert.
Gerade nach der Nachtruhe und vor Beginn des Frühstücksservice setzt meist ein regelrechter »Run« auf die Toiletten ein, es bilden sich Warteschlangen in beiden Klassen.

Ein amerikanischer Gast aus der Economy Class, der von einer Flugbegleiterin auf die leider wesentlich längere Schlange vor den dort befindlichen Toiletten verwiesen wurde, wollte das nicht akzeptieren. Er drohte der Flugbegleiterin: »If I wet my pants, I will sue you!« Da es sich, wie ein Gespräch klärte, keinesfalls um ein medizinisches Problem handelte, sondern der Gast seine Zeit nicht mit Anstellen verbringen wollte, erwiderte die Flugbegleiterin, dass sie von einem gesunden erwachsenen Mann erwarten könne, dass er sich rechtzeitig zur Toilette begebe, wenn er diese benötige – wie alle anderen Gäste auch. Der Gast wurde daraufhin laut und verlangte forsch den Kapitän des Fluges zu sprechen. Die Flugbegleiterin wies die Forderung ab: »I'm sorry Sir, our pilots are not interested in pissing problems!« Der Klage sah sie mit Gelassenheit entgegen. Sie wurde bis heute nicht eingebracht.

Eine Dame aus den Vereinigten Staaten hingegen bemühte tatsächlich ihre Anwälte. In ihrer Klagschrift gab sie an, auf einer Bordtoilette auf einem am Boden liegenden Stück Papier ausgerutscht zu sein und sich dabei das Knie aufgeschlagen zu haben. Sie forderte eine beachtliche Summe Schmerzensgeld, andernfalls würde sie die Gerichte bemühen. Ob die Causa tatsächlich bei Gericht ausgetragen wurde, entzieht sich leider meiner Kenntnis.

Manchmal entscheiden sich Gäste für eine ungewöhnliche Art der Beschwerdeführung.

Die Flugbegleiter trauten ihren Augen nicht, als in Delhi ein Business Class Passagier mit einem umgehängten Pappkarton das Flugzeug betrat. Die Vermutung, dass es sich um den Hinweis »Spreche nicht Englisch, brauche viel Platz« handelte, er-

wies sich als unrichtig. Auf dem Karton konnte man lesen: »Ich bin am 27.12. mit dieser Fluglinie nach Delhi geflogen. Mein Gepäck kam erst 135 Stunden später an!« »Wollen Sie darüber sprechen?«, fragte die Flugbegleiterin. Der Gast wollte nicht darüber sprechen, den Karton platzierte er gut sichtbar in seiner Sitztasche.

✈

Um in einem Flugzeug als Passagier reisen zu dürfen, benötigt man ein Ticket. Gegen Vorlage des Tickets erhält man am Check-in eine Bordkarte, die den zugeteilten Sitzplatz ausweist. Mittlerweilen gibt es Tickets auch in elektronischer Form, und auf manchen Flughäfen können sich die Gäste an einem eigenen Computerterminal selbst einchecken.
Trotzdem gilt: »Ohne Ticket geht gar nichts!« Oder doch?

Auf einem Flug nach Bangkok wollten die Flugbegleiter mit dem Service beginnen. Ein Gast spazierte bereits zum wiederholten Mal durch die Flugzeuggänge, offenbar auf der Suche nach seinem Sitzplatz. Ein Flugbegleiter bot seine Hilfe beim Suchen an, doch es gab keinen einzigen freien Platz in der Maschine. Die Frage nach der Bordkarte erwies sich auch nicht als hilfreich, da der Mann keine hatte.
Es handelte sich um den oft im Scherz erwähnten »blinden (obwohl sehenden) Passagier«.
Er hatte es zuwege gebracht, sich in ein unbesetztes Gate zu schmuggeln, hatte dort unbemerkt gewartet, bis das Gate einem Flug zugeteilt wurde, und war dann gemeinsam mit allen anderen Gästen unbehelligt in das Flugzeug eingestiegen. An Bord war es ihm gelungen, vorerst nicht aufzufallen, vermutlich hatte er sich in einer Toilette versteckt. Und wäre das Flugzeug nicht bis zum letzten Platz ausgebucht gewesen, hätte er sich danach auf einen der freien Plätze gesetzt und wäre, so hoffte er, niemals aufgefallen. Also ein echter Weltenbummler!
Seine Rechnung ging leider nicht auf, da er nach der Landung den Behörden übergeben wurde.

✈

Vor dem Abflug wird überprüft, ob alle Gäste an Bord sind – keiner zuviel oder zu wenig.
Sobald sie ihre Plätze eingenommen haben, gehen wir Flugbegleiter mit konzentrierter Miene durch das Flugzeug und tippen imaginär auf die Häupter der Sitzenden. Wir sind dann nicht ansprechbar, weil wir einen »Headcount« durchführen, das heißt, wir zählen die Köpfe der an Bord befindlichen Passagiere, um

sie mit der Anzahl der Ticketcoupons beim Bodenpersonal zu vergleichen. Erschwert wird dieses Vorhaben durch Gäste, die sich auf den Toiletten befinden, Kinder, die unter die Sitze kriechen und wichtigen Fragen, die genau zu diesem Zeitpunkt dem zählenden Flugbegleiter gestellt werden müssen.
Manchmal sind mehrere Zählungen notwendig, um zum richtigen Ergebnis zu kommen.

Auf einem Flug gab es selbst nach der fünften Zählung keine Übereinstimmung mit den Zahlen des Bodenpersonals. Es fehlte ein Gast. Aus Sicherheitsgründen darf ein Flug nicht starten, wenn ein Gast Gepäck eingecheckt hat und dann an Bord nicht erscheint. Es beginnt dann die Suche nach dem Gepäck im Frachtraum, wertvolle Zeit geht verloren und der Abflug verspätet sich. In diesem Fall war es allerdings unklar, wer der fehlende Gast sein sollte. Auch eine nochmalige Kontrolle der Toiletten blieb ergebnislos. Schließlich klärte sich die Situation durch einen Hinweis des Bodenpersonals auf: Ein Passagier hatte sein Cello mit an Bord genommen und dafür ein eigenes Ticket gekauft. Cellos sind zwar sehr groß und kaum zu übersehen, aber sie haben keinen Kopf. Somit war es an Bord auch nicht mitgezählt worden.

✈

In den Beförderungsbedingungen einer Fluglinie gibt es Richtlinien für das Handgepäck. Sie besagen, wie viele Stücke pro Person erlaubt sind, und welches Ausmaß und Gewicht nicht überschritten werden darf. Doch Papier ist bekanntlich geduldig. Darüber hinaus ist auch genau aufgelistet, was an Bord nicht mitgenommen werden darf, weil es als gefährlich eingestuft wird.

Auf manchen Strecken stellen emigrierende Familien einen wesentlichen Teil unserer Gäste dar. Diese Menschen verlassen aus den unterschiedlichsten Gründen ihre Heimat, in der Hoffnung, anderswo ein besseres, lebenswerteres Zuhause zu finden. Ihr Gepäck beinhaltet ihr gesamtes Hab und Gut, alles was lieb und teuer ist. Dazu gehören Töpfe, Kannen, Bett- und Tischwäsche, genauso wie Spielsachen, Bilder und Kleidung.
Viele dieser für den einzelnen wertvollen Dinge werden als Handgepäck mit an Bord genommen, weil sie nicht verloren gehen sollen, und weil auch die Berechnung von Übergepäck die finanziellen Möglichkeiten der Familien übersteigt. So kann es vorkommen, dass eine fünfköpfige Familie mit bis zu fünfzehn Taschen, Körben und Säcken an Bord kommt. Manche der Gepäckstücke werden von den Flugbegleitern am Eingang abgenommen und zum Verstauen ins Frachtcompartment weitergereicht, viele sind jedoch unverschließbare überquellende

Plastiksäcke, die kaum unversehrt auf den Fließbändern der angeflogenen Destination ankommen würden.

Eine Familie mit einer ähnlich überdimensionierten Menge an Handgepäck verstaute all die Säcke und Taschen in ihrer Sitzreihe. Als eine Flugbegleiterin helfend einen Sack im Gepäcksfach verstauen wollte, riss dieser auf und gab den Blick auf einen kleinen Gaskocher frei. Er sollte dazu dienen, die mitgebrachten Speisen auf dem Flug aufzuwärmen. Aus Sicherheitsgründen dufte das Gerät nicht in der Kabine bleiben, die Familie musste mit der regulären Bordverpflegung Vorlieb nehmen.

✈

Nicht alle Passagiere steigen wirklich freiwillig in ein Flugzeug ein. Es kommt vor, dass Männer und Frauen, die keine gültigen Aufenthaltsgenehmigungen besitzen, in ihr Heimatland abgeschoben werden. Dies geschieht mitunter auch in einem regulären Passagierflugzeug. Die Deportierten werden von Angehörigen einer Polizeisondereinheit begleitet, um einen reibungslosen Ablauf an Bord zu ermöglichen. Meist verläuft dies auch ohne Komplikationen, sodass andere Gäste es überhaupt nicht bemerken.

Ein Mann, der in sein Heimatland Ägypten abgeschoben werden sollte, hatte offenbar panische Angst vor dem, was ihn rechtlich dort erwartete. Er wurde von zwei Beamten in Handschellen an Bord gebracht und in die letzte Sitzreihe platziert. Der Mann schlug sich mit den Handschellen immer wieder selbst ins Gesicht. Vermutlich wollte er damit erreichen, nicht fliegen zu müssen. Die Beamten öffneten daraufhin die Handschellen, um sie dem Mann hinter dem Rücken anlegen zu können. Diese Situation nützte der Ägypter blitzschnell aus, er sprang über seine Begleiter aus der Sitzreihe und wollte fluchtartig über eine Stiege das Flugzeug verlassen. Die beiden Beamten konnten ihn daran hindern und führten ihn nach kurzem Handgemenge schließlich ab.

✈

Der Verkauf von Zollfreiwaren an Bord ist nicht nur Beschäftigungstherapie für Passagiere und Flugbegleiter, es hat auch den Vorteil, dass man noch schnell Geschenke einkaufen kann, die im Normalfall auch günstiger sind als in den Geschäften auf der Straße. Das Kaufverhalten der Gäste aus verschiedenen Ländern ist so unterschiedlich wie die Menschen selbst.

Während japanische Gäste sehr markenbezogen und ungeachtet der Kosten alles kaufen, was von europäischen Designern entworfen wurde, ist für andere Gäste der Preis sehr wohl ausschlaggebend.

Auf Flügen von und nach Tel Aviv steht vor allem das Handeln im Vordergrund. »Was kostet es, wenn ich zwei Stück davon nehme?« und »Wie viel Rabatt bekomme ich?«, sind die Standardfragen. Leider können wir Flugbegleiter weder Rabatte gewähren, noch Waren aus dem Bordverkauf verschenken, auch wenn unsere Gäste noch so sehr beteuern, wie sehr sie das schätzen würden.

Auch auf Flügen in den arabischen Raum und nach Russland geht es vor allem um den Preis. Es wird alles gekauft was teuer ist. Ausschlaggebend ist dabei die Menge, je mehr desto besser.

Zwei grell geschminkte und nicht minder grell gekleidete russische junge Damen betrachteten ganz fasziniert den österreichischen Designermodeschmuck im Bordverkaufskatalog. Vor allem ein silbern farbiges Collier mit unzähligen Kristallsteinen hatte es ihnen angetan. Der Preis des schönen Stückes war mit 65 Euro durchaus vertretbar. Eine der beiden Ladies fragte: »Is this real white gold?« Die andere setzte nach: »And are this diamonds real?« »Yes, this is real white gold with real diamonds. And if you take two, you get a Porsche for free!" Bevor die beiden Damen das Angebot annehmen konnten, fügte die Flugbegleiterin hinzu: »Just a joke!"

Zollfreiwaren dürfen nur an Passagiere über 17 Jahre verkauft werden. Umso interessanter ist das Verkaufsangebot natürlich, wenn man dieses Alter noch nicht erreicht hat.

Eine Gruppe amerikanischer Jugendlicher studierte aufgeregt das Verkaufsmagazin. Der Platzhirsch der Gruppe wandte sich schließlich an eine Flugbegleiterin: »Do you sell condoms?« Ein anderer junger Mann brachte die Rettung aus der Situation: »Even if they do, they will not sell size x-small!«

Manchmal erhalten wir Flugbegleiter kleine Geschenke aus dem Sortiment in Form von Parfums oder Seidentüchern von unseren Gästen, wobei es jedem von uns freigestellt ist, Geschenke anzunehmen oder auch dankend abzulehnen.

Ein Gast aus dem Libanon kaufte an Bord großzügig Geschenke ein. Er bat die Flugbegleiterin, ihm bei der Auswahl eines Seidentuches behilflich zu sein. Auf die Bitte, eine Beschreibung der zu beschenkenden Dame zu geben, um die Auswahl zu erleichtern, erklärte der Mann: »Die Dame ist blond, blauäugig und so alt wie Sie« Die Flugbegleiterin wählte ein passendes Tuch und war dann sehr überrascht und erfreut, als der Gast nach der Bezahlung ihr selbst das Tuch als Geschenk überreichte.

Beim Aussteigen zwinkerte der Mann der Flugbegleiterin zu und flüsterte verschwörerisch: »Neunzehn Uhr Dreißig Hotel Intercont!«

Der Gast dürfte sich im Etablissement vertan haben und das Berufsbild der Flugbegleiter unter einem falschen, vermutlich »roten Licht«, gesehen haben. Für seine Abendbegleitung musste er sich anderweitig umsehen.

✈

Oft sind Geschenke aber selbstlos, einfach im Sinn eines Geschenkes, gedacht.

Auf einem Flug in die Vereinigten Staaten stellte sich, nachdem alle Gäste an Bord waren, heraus, dass ein Sitz, vermutlich vom vorherigen Flug, total durchnässt war. Der Reinigungsmannschaft war dies nicht aufgefallen, ein Tausch der Sitzpolsterung hätte zu diesem Zeitpunkt eine nicht unerhebliche Verspätung verursacht. Da kein anderer Platz in der Economy Class frei war, entschied die Purserette kurzerhand, dem auf diesem Sitz gebuchten Gast, einen Platz in der Business Class anzubieten. Die Freude des Passagiers war groß. Er bedankte sich, indem er einige Wochen später zwei Dutzend Flaschen erlesene Weine aus seinem Weingut im Burgenland für die Kabinenbesatzung am Flughafen hinterlegte. ✈

die harmlosen

die harmlosen

Flugzeuge sind im letzten Jahrzehnt vor allem für Geschäftsreisende zu einem Massentransportmittel geworden. Für die wenigsten dieser Gäste ist Fliegen noch etwas Besonderes. Es ist wie in eine Straßenbahn oder in einen Bus einzusteigen, von A nach B gebracht zu werden und wieder auszusteigen.
Allein auf Urlaubsflügen gibt es noch viele Passagiere, für die Fliegen das Eintauchen in eine andere Welt bedeutet. Da werden die Erklärungen der Sicherheitsvorschriften noch mit Interesse verfolgt, der Name des Flugzeuges wird erfragt, kleine Büchlein zum Eintragen der Flüge durch den Piloten werden an uns übergeben, und Schwimmwesten werden heimlich als Souvenir oder als Schwimmlernhilfe im Mittelmeer für die Kinder mitgenommen. Diese Gäste sind an allem interessiert, sie sagen niemals nein, wenn ihnen etwas angeboten wird, auch wenn sie erst viel später entdecken, dass sie es gar nicht brauchen.

Ein Reiseveranstalter bewarb seine Arrangements unter anderem auch damit, dass es bei der durchführenden Fluglinie Sauerstoffflaschen gäbe. Das entspricht nicht nur der Wahrheit, sondern ist eine Vorschrift, die weltweit für alle Fluglinien bindend ist. Die Sauerstoffflaschen sind für Notfälle gedacht, die hoffentlich niemals eintreten, wie zum Beispiel einen Druckabfall in der Kabine, oder auch für medizinisch indizierte Fälle. Ein älteres Ehepaar hatte es sich auf seinen Sitzen gerade bequem gemacht, als ein Flugbegleiter für den Start die Kabine kontrollierte. Wohl um allen anderen zuvorzukommen, meldeten sie bei dem Flugbegleiter fordernd an: »Wir hätten dann gerne zwei Sauerstoffflaschen!«
Bei dem Flugbegleiter läuteten alle Alarmglocken. Solange das Flugzeug noch am Boden war, gab es ja die Möglichkeit, bei einem medizinischen Notfall einen Arzt kommen zu lassen und die Flugtauglichkeit der Gäste abzuklären. »Nein, wir haben kein medizinischen Problem«, antworteten sie auf die Frage des Flugbegleiters, »aber im Reisebüro hat man uns gesagt, dass in der Höhe die Luft dünner ist, und da ist es recht angenehm, wenn man ab und zu ein bisschen Sauerstoff aus der Flasche

bekommt!« Der Sauerstoff aus der Flasche wurde auf diesem Flug glücklicher Weise nicht gebraucht.

Auf manchen Flughäfen ist die erste große Hürde schon genommen, wenn man das richtige Terminal und das richtige Gate findet und somit in das richtigen Flugzeug einsteigt. Viele Gäste fragen deshalb beim Einsteigen: »Ist das der Flug nach XY?« »Ja, da sind sie ganz richtig!« Sicher ist sicher!

Auch eine ältere Dame fragte die Flugbegleiterin beim Eingang: »Ist das der Flug nach Wien?« »Ja, herzlich willkommen an Bord!« »Sind sie ganz sicher?« »Da bin ich ganz sicher« »Ist das die Flugnummer 318?« »Ja, das ist die Flugnummer 318 und wir fliegen nach Wien.« » Dann müssen Sie das draußen ausbessern, weil sonst kann sich ja niemand auskennen!« Die Flugbegleiterin war etwas konsterniert, da sie nicht wusste, wo etwas auszubessern sei. Ein Schritt aus dem Flugzeug brachte die Lösung. An der Außenwand neben der Tür stand groß »A320«. Und bis heute fliegt dieses Flugzeug und auch andere der gleichen Serie Airbus 320, ohne dass etwas ausgebessert wurde, an die unterschiedlichsten Destinationen.

In einem Autobus ist die erste Reihe meist die begehrteste, ähnlich verhält es sich auch in einem Flugzeug. Alle Gäste wollen in der ersten Reihe sitzen, die meisten Gäste wollen zudem am Fenster sitzen, und niemand möchte fremde Personen neben sich haben. Zu alledem sollen die Ticketpreise möglichst einen einstelligen Eurobetrag nicht übersteigen. Ich habe keine Idee wie ein Flugzeug aussehen sollte, das all diesen Ansprüchen gerecht wird. Es drängt sich der Vergleich mit dem »Eierlegenden Wollmilchschwein« auf.
Im Normalfall müssen Passagiere Abstriche von ihren Forderungen machen. Was nichts daran ändert, dass wir Flugbegleiter meist nach dem Einsteigen beginnen, getrennt sitzende Familien zusammenzuführen, Fenster- gegen Gangplätze zu tauschen und die Plätze der Gäste, die ganz zuletzt kommen, wieder frei zu kämpfen, weil sie von anderen Passagieren bereits in Eigenregie okkupiert wurden.

In der grauen Urzeit meiner fliegerischen Tätigkeit gab es auf vielen Flügen keine zugeteilten Sitzplätze. Wer zuerst da war, konnte sich seinen Platz aussuchen, die letzten Gäste mussten nach freien Sitzen suchen und mit dem zufrieden sein, was übrig war. Dies führte dazu, dass die Gäste im Laufschritt förmlich das Flugzeug stürmten, um sich letztendlich um die Sitzreihen zu streiten. Einerseits waren dadurch alle Passagiere sehr schnell an Bord, andererseits verging unendlich viel Zeit, bis alle wirklich saßen. Die Entscheidung, jedem Gast schon beim Check-in einen Sitzplatz zuzuteilen, erleichtert vieles, aber nicht alles.

Eine Dame, der ihr Platz nicht behagte, kündigte an: »Wenn ich nicht am Fenster sitzen kann, steige ich wieder aus!« Da keiner der anderen Gäste auf seinen Fensterplatz verzichten wollte, ersuchte die Purserette die Dame um die Bordkarte und den Gepäckabschnitt. Auf die Frage, warum sie diese brauche, antwortete sie: »Wir suchen jetzt Ihr Gepäck, um es auszuladen, der nächste Flug an Ihre Destination findet morgen statt, vielleicht gibt es dann einen Fensterplatz für Sie!« Die Dame überdachte ihre Entscheidung innerhalb von Sekunden und blieb an Bord.

Um auch abergläubischen Passagieren gerecht zu werden, gibt es in unseren Flugzeugen keine Reihe »13«. Nichts desto trotz fliegen wir auch am 13-ten jedes Monats, selbst dann wenn er auf einen Freitag fällt.
Viele Gäste klopfen beim Einsteigen an die Flugzeugwand, obwohl die mit Sicherheit nicht aus Holz ist, oder küssen ein Amulett.
Gelegentlich artet Aberglaube aber auch aus.

Eine Dame hatte einen Fensterplatz in Reihe 14 auf ihrer Bordkarte ausgewiesen und ihren Platz eingenommen. Plötzlich begann sie, wild zu gestikulieren, bekam ein hochrotes Gesicht und verlangte sofort einen anderen Platz. »Das ist Betrug!«, erklärte sie ganz nervös einem Flugbegleiter. »Sie haben keine Reihe 13, also ist eigentlich die Reihe 14 die dreizehnte, und in der dreizehnten Reihe kann ich nicht sitzen, das bringt Unglück!« Zum Glück im Unglück fand sich ein Gast, der keine Vorbehalte gegen die Zahl 14 hatte und mit der Dame seinen Sitz tauschte.

Sicherheit ist ein zentrales Thema an Bord eines Flugzeuges. In kaum einer anderen Branche wird so viel über Sicherheit gesprochen und auch so viel dafür getan. In der Ausbildung der Flugbegleiter nimmt dieser Bereich einen Großteil der Zeit in Anspruch und genau gesehen ist die Sicherheit an Bord auch der Grund, warum eine gewisse Anzahl an Flugbegleitern an Bord sein muss. Der Service ist sozusagen nur die Draufgabe.Trotzdem ist für viele Gäste jeder Flug ein Nervenkitzel. In der Praxis ist allerdings das Gefährlichste an einer Flugreise die

Fahrt mit dem Auto zum Flughafen. Das will jedoch kaum jemand wahrhaben. Jedes Jahr vor Ostern berichten die Medien darüber, wie viele Menschen im Vorjahr am Osterwochenende im Straßenverkehr verunglückt sind. Gleichzeitig wird eine Prognose gestellt, wie viele im aktuellen Jahr an diesem Wochenende voraussichtlich im Auto ihr Leben verlieren werden. Trotzdem lässt kaum jemand deshalb seinen Wagen stehen und streicht seinen verdienten Osterurlaub.
Würde für den gleichen Zeitraum prognostiziert, dass statistisch 20-30 Menschen in einem Flugzeug verunglücken werden, dann würde kein Mensch auch nur in die Nähe eines Flughafens gehen wollen.
Flugangst ist an Bord absolut keine Seltenheit. Sie befällt junge Gäste ebenso wie ältere, solche die zum ersten Mal ein Flugzeug betreten im gleichen Ausmaß wie jene, die jede Woche fliegen müssen. Selbst in meiner eigenen Familie ist dieses Thema nicht fremd. Viele Fluglinien bieten Flugangstseminare an, um den Kunden zu helfen, mit ihrer Angst umzugehen oder sie zu verlieren. Manche Passagiere sprechen an Bord auch offen darüber, andere versuchen, zu kompensieren. Oft steckt hinter Aggression, übertriebenem Alkoholkonsum oder Hysterie schlicht Angst vor dem Fliegen. Wir Flugbegleiter schenken diesen Gästen besonders viel Aufmerksamkeit und sind bemüht, ihnen ihre Angst zu nehmen.
Gelegentlich kommt es auch vor, dass Passagiere vor sich selbst eine Ausrede finden, warum sie jetzt besser nicht fliegen sollten und eigentlich das Flugzeug sofort wieder verlassen müssen.

Ein Gast kontaktierte sehr aufgeregt eine Flugbegleiterin. Das blanke Entsetzen stand ihm ins Gesicht geschrieben. Er erklärte, er sähe die Sicherheit des Fluges ernsthaft gefährdet, in Wahrheit müsse er jetzt sofort wieder aussteigen, und ein Gespräch mit dem Piloten sei dringend notwendig.
Der Grund der Aufregung war die Karte mit den Sicherheitsanweisungen, die sich in jeder Sitztasche befindet. Auf dieser Karte wird die Handhabung des Sicherheitsgurtes und der Schwimmwesten erklärt; auch die Anzahl und Funktion der Notausstiege wird erläutert. Durch einen Fehler befand sich in der Sitztasche des Mannes eine falsche Karte. Sie war zwar vom gleichen Flugzeugtyp, allerdings von einer anderen Serie. Im aktuellen Flugzeug befanden sich zwei Notausgänge mehr als auf der Karte angeführt. Die Flugbegleiterin überprüfte, ob in allen anderen Sitztaschen die korrekten Sicherheitsanweisungen beladen waren. Der himmelschreiende Fehler war ein Einzelfall. Mit tausend Worten der Entschuldigung konnte sie den Gast schließlich beruhigen und davon überzeugen, dass die Sicherheit des Fluges und der Passagiere an Bord durch diesen Fehler nicht beeinträchtigt war.

Die meisten Passagiere bemühen sich, pünktlich am Flugsteig zu sein, damit sie möglichst früh einsteigen können. Sie können dann noch in Ruhe eine Zeitung auswählen, finden genügend Platz für ihr Handgepäck und brauchen nicht um ihren Sitzplatz zu kämpfen.
Manche nehmen es mit der Zeit nicht so genau. Wissend, dass ihr Gepäck ja bereits eingecheckt ist, verlassen sie sich darauf, dass der Flug ohne sie nicht abheben wird und shoppen ausgiebig in den Duty-Free-Läden. Nachdem sie dann bereits mehrmals am Flughafen aufgerufen wurden mit der dringenden Bitte, sich zum Flugsteig zu begeben, schlendern sie gemütlich zehn Minuten nach dem geplanten Abflug, bestückt mit Säcken voller Einkäufe, zum Gate. Leider geht diese Rechnung nicht immer auf, weil bereits eine andere Entscheidung getroffen wurde. Mitunter ist ihr eingechecktes Gepäck dann schon wieder ausgeladen, sie sind von der Passagierliste gestrichen, und obwohl das Flugzeug noch nicht weggerollt ist, dürfen sie auf den nächsten Flug warten.
Vorausgesetzt es gibt an diesem Tag noch einen Flug an die gewünschte Destination und der Tarif beinhaltet die Möglichkeit einer Umbuchung.

Ein Gast kam ganz zuletzt ins Flugzeug, alle Sitze waren bereits belegt, nur einer war noch frei. Sich an den Sitznummern orientierend, ging der Mann bis zu dem freien Platz und blieb dort ziemlich ratlos stehen. Ein Flugbegleiter eilte zur Hilfe. Der Gast hatte eine grüne Bordkarte, was darauf hinwies, dass er in der Economy Class eingecheckt war. Die Sitznummer auf der Bordkarte stimmte mit der des freien Sitzes überein.
Der Flugbegleiter fragte, was dem Mann an dem Sitz nicht gefiel. Wir hatten zu dieser Zeit eine gewagte Farbenkombination in unseren Flugzeugen, die Sitzreihen waren abwechselnd mit braunen, orangefarbenen und grünen Sitzbezügen ausgestattet. Der freie Sitz war braun überzogen, die Bordkarte aber war grün.
Es war diese unglaubliche Diskrepanz, die den Mann fassungslos machte.

✈

Die Zuordnung der Bordkarte zum Sitzplatz und damit auch zum Gepäcksfach stellt für viele Gäste ein wirkliches Problem dar. »Mein Sitz« impliziert automatisch, dass das Gepäcksfach darüber auch »mein Fach« sein muss. Sollte in diesem Fach kein Platz mehr sein, dann besteht dringender Handlungsbedarf seitens der Flugbegleiter. Auch das Angebot, die Reisetasche nur 50 Zentimeter weiter hinten oder vorne zu verstauen, weil dort genügend Platz vorhanden ist, stellt selten eine akzeptable Alternative dar. Also wird herausgeräumt, umgeräumt, wieder hineingeräumt und zusammengeschlichtet. Die meisten von uns haben sich

im Laufe ihrer Berufsjahre ehrenhalber den Titel eines »Staatlich geprüften Schlichtungshofrates« erworben.
Manche Passagiere sehen das auch weniger eng. Sie verstauen ihr zahlreiches Handgepäck gleich beim Einsteigen in den ersten Gepäcksfächern der Business Class, obwohl sie in den letzten Reihen der Economy Class sitzen, was wieder zu Platzmangel für die oft später einsteigenden Business Class Gäste führt. Besonders höfliche Passagiere stellen uns ihre Koffer und Taschen einfach wortlos vor die Füße, damit wir sie verstauen, wo immer wir wollen. Große starke Männer sehen dann ungerührt zu, wie eine Flugbegleiterin einen Koffer hochzuheben versucht, der ohnedies nur halb so viel wiegt wie sie selbst.

Ein Gast wollte partout sein Handgepäck nicht verstauen, er ließ es einfach im Mittelgang stehen. Ein Flugbegleiter eilte zu Hilfe, wollte das Gepäckstück in das dafür vorgesehene Gepäcksfach geben. Doch dem Gast behagte auch diese Variante nicht. Als der Flugbegleiter darauf bestand, dass es im Mittelgang nicht stehen bleiben könne, meinte der Passagier arrogant: »Von einer Tunte lass ich mir sowieso nicht sagen, was ich zu tun habe!«
Nun ist es eine Tatsache, dass viele unserer männlichen Kollegen homosexuell veranlagt sind. Gerade diese Kollegen verfügen über besonders viel Feingefühl im Umgang mit Passagieren, haben hohe soziale Kompetenz und verlassen seltener als andere den Weg der freundlichen und höflichen Problemlösung.
Der Flugbegleiter ließ sich auch durch diese sehr persönliche und anmaßende Bemerkung nicht aus der Fassung bringen. Mit gekonnter Eleganz erst auf das Gepäcksstück und dann auf die Gepäcksfächer weisend, antwortete er mit einem Singsang: «Tunte hin, Tunte her, das Gepäck muss weg!«

✈

Auf Ferienflügen sind meist fröhliche Menschen an Bord. Sie haben entweder ihren Urlaub vor sich, auf den sie sich freuen können, oder sie sie haben gerade entspannende Wochen an ihrer Traumdestination verbracht.
Diejenigen, die den Aufenthalt schon hinter sich haben und braungebrannt einsteigen, haben während ihres Urlaubs einstudiert, was sie beim Einsteigen unisono sagen werden: »Endlich ein deutsches Wort, endlich eine heimische Zeitung, endlich ein guter Kaffee, endlich wieder nach Hause!«
Die besorgte Frage der Flugbegleiter: »Schade, hat es Ihnen im Urlaub denn nicht gefallen?« wird beantwortet: »Schon, aber zu Hause ist es doch am schönsten!«
Es drängt sich die Frage auf, wieso Menschen freiwillig von zu Hause wegfliegen, wenn sie lieber zu Hause sein möchten. Kaum an Bord angelangt, fühlt man sich

dann auch wirklich wie zu Hause, die heimische Fluglinie ist mit einem Stück Heimat gleichzusetzen. Und wenn man schon so gut wie zu Hause ist, dann macht man es sich auch bequem.

Wie zu Hause werden dann die Füße mit den Schuhen an die Wand gestützt, auf die Sitzlehne vor sich oder auch auf den während des Fluges freien Flugbegleiterklappsitz gelegt. Wie zu Hause werden Essensreste auf den Boden geworfen, nicht mehr benötigte Zeitungen ebenfalls. Wie zu Hause wird Schokolade in den Sitzbezug gewischt, werden gebrauchte Windeln unter den Sitz geschoben und Wein auf den Teppich gegossen.
Wie Flugzeuge immer wieder sauber werden können, wenn sie nach einem Flug aussehen, als wäre ein Tornado durchgefegt, wird ewig ein Rätsel bleiben.

✈

Auch auf Flügen von Nepal nach Europa sind vorwiegend Touristen an Bord, die glücklich sind, nach Hause zu fliegen. Die meisten haben ausgedehnte Trekkingtouren hinter sich, sind erschöpft aber glücklich, vor allem froh, sich nun fallen lassen zu können. Eine Wanderweisheit besagt, dass das notwendige feste Schuhwerk keine Blasen an den Füßen verursacht, wenn die Socken ordentlich »eingetragen« werden. Dieser Vorgang dauert mehrere Tage und endet zumeist an Bord eines Flugzeuges. Dort kann man sich endlich von den beengenden schweren Folterinstrumenten befreien. Die Füße mit den »eingetragenen« Socken dürfen an die frische Luft.
Zur Ausstattung an Bord gehört auch ein Duftspray, welcher dann unentbehrlich ist.

✈

Das Unterbewusstsein eines Menschen ist nur sehr begrenzt steuerbar. Es tut mitunter, was es will. Man kann das ganz leicht überprüfen, indem man zu jemandem sagt: »Denke die nächsten fünf Minuten nicht an eine grüne Katze mit Rüssel«. So sehr man sich auch bemüht, das Bild der grünen Katze mit Rüssel wird unvermeidlich auftauchen, weil im Unterbewusstsein das Wort »nicht« offenbar nicht existiert.
Ähnlich verhält es sich bei den Sicherheitsanweisungen. »Es darf nicht geraucht werden« lässt bei Rauchern den Wunsch nach einer Zigarette wachsen, weil nur der essentielle Inhalt der Nachricht, nämlich »Rauchen«, wahrgenommen wird. Diese Theorie wird an Bord immer wieder untermauert.

In den Bordansagen wird darauf hingewiesen: »Die Schwimmweste befindet sich unter Ihrem Sitz. Nur auf Anweisung des Kabinenpersonals nehmen Sie diese hervor und ziehen Sie über den Kopf. Erst bei Verlassen des Flugzeuges blasen Sie die Schwimmweste auf«

Ein Gast hörte offenbar nur die wesentlichen Teile der Ansage: »Schwimmweste unter dem Sitz, über den Kopf ziehen, aufblasen«
Vor der Landung befolgte er die Anweisung. Er tat wie ihm geheißen, zog seine Schwimmweste an und blies sie auf. Ordentlich adjustiert und gewissenhaft vorbereitet für eine Notwasserung saß er in seinem Sitz und wartete auf die Landung.

✈

Auch Gäste, die an Notausstiegen sitzen, werden von uns genauestens instruiert, wie in einem Notfall – und **nur** in einem Notfall – der Ausstieg geöffnet werden soll.

Ein Passagier hatte die technischen Details abgespeichert, die Bedingungen aber nicht. Während das Flugzeug zur Startbahn rollte, führte er die aufgetragene Aufgabe aus. Er öffnete den Notausstieg. Als Erklärung gab er später an, er hätte frische Luft haben wollen. Das Flugzeug musste zur Parkposition zurückrollen, Mitarbeiter aus der Technik verschlossen den Ausgang wieder ordnungsgemäß. Mit Verspätung konnte der Flug danach doch noch stattfinden.

✈

Fluggäste sind sehr oft an technischen Details der Flugzeuge interessiert. Sie fragen gerne, wie schnell und wie hoch das Flugzeug fliegt, wieviel Kerosin es verbraucht, wie alt es ist und wie es heißt.
Unsere Flugzeuge haben alle ein offizielles Kennzeichen, genauso wie dies bei Pkws üblich ist. Der erste oder auch zweite Buchstabe des Kennzeichens gibt Aufschluss über das Land, in welchem es gemeldet ist. Die weiteren sind fluglinienintern gewählt, wobei der vorletzte zumeist einen Hinweis auf die Flugzeugtype gibt, der letzte Buchstabe ergibt sich aus einer alphabetischen Reihenfolge. Zusätzlich haben die Flugzeuge einen Taufnamen, der meist einer Stadt, einer Region, einem Land oder einer Person nachempfunden ist. Sowohl das Kennzeichen als auch der Taufname sind außen am Flugzeug sowie auch innen bei der Tür angebracht. In unserem internen Gebrauch wird nur das offizielle Kennzeichen in Form der letzen drei Buchstaben als Fliegeralphabet verwendet. Wir fliegen

mit der LBO – Lima Bravo Oskar, mit der LAT – Lima Alpha Tango oder mit der LAW – Lima Alpha Whisky.
Diese Bezeichnungen interessieren natürlich keinen Passagier.

*Ein Gast, der den Namen, nämlich den **richtigen** Namen, des Flugzeuges wissen wollte, fragte den Kapitän des Fluges.*
Da der Pilot, wie bereits erwähnt, selten den Taufnamen kennt, verwies er auf die Taufplakette neben der Eingangstür. Der Mann kam ganz stolz zurück, um zu berichten: »Das Flugzeug heißt LAVATORY«

✈

Unmittelbar nach dem Start meldet sich bei den meisten Gästen Hunger und Durst an. »Wer zuerst kommt, mahlt zuerst«, denken sich viele und wollen ihre Bestellung möglichst früh aufgeben.

Ein Passagier hatte schon während des Starts seinen Rufknopf betätigt. »Bringen Sie mir bitte einen Spezialtoast und ein Seidel Bier, für meine Frau eine Melange mit Schlag«, meldete er ganz stolz als Erster an, als nach dem Start eine Flugbegleiterin kam. Dem Wunsch konnte in dieser Form leider nicht entsprochen werden.

✈

Leider können wir Flugbegleiter sehr oft den Wünschen der Gäste nicht nachkommen, nicht weil wir nicht wollen, sondern weil wir in einem Flugzeug sind.

Die Frage: »Möchten Sie gerne Tortellini mit Gemüse oder Hühnerfilet mit Reis?« beantwortete ein Gast mit: »Ich hätte gerne Fisch« – »Tut mit sehr leid, aber heute gibt es Tortellini mit Gemüse oder Hühnerfilet mit Reis!« – »Haben Sie kein Rind?« »Nein, ich habe Tortellini mit Gemüse oder Hühnerfilet mit Reis!« »Na dann nehme ich nur etwas Obst« Die Geduld der Flugbegleiter war irgendwann erschöpft: »Tortellini oder Huhn oder gar nix!«

✈

Bei voll gebuchten Flügen kann es mitunter vorkommen, dass manche Gäste bereits aufgegessen und ihren Kaffee getrunken haben, das Tablett jedoch noch einige Zeit vor ihnen stehen bleibt. Einige Passagiere helfen uns dann, indem sie ihre Tabletts einfach auf den Boden stellen. Wodurch sich das Abservieren mit den Wägen noch etwas verzögert, da die Gänge blockiert sind. Andere Gäste hingegen schlafen einfach ein.

Nachdem die Flugbegleiter alle Tabletts eingesammelt, die Wägen verstaut und alles aufgeräumt hatten, erschien plötzlich ein älterer Herr in der Bordküche. Er war sichtlich aufgebracht, hatte jedoch große Mühe, sich verbal mitzuteilen. Die Flugbegleiter entdeckten schließlich, dass ihm Wesentliches fehlte. Sein Gebiss war weg. Er hatte es auf dem Tablett liegen gehabt, und während er geschlafen hatte, war das Tablett weggenommen worden. Natürlich konnte keiner der Flugbegleiter mehr nachvollziehen, in welchem der Wägen auf welchem Tablett es sich befinden könnte. Man kann sich auch mit wenig Fantasie sicher vorstellen, welch appetitliche Aufgabe es war, alle Tabletts, die zum Teil randvoll mit Müll gestopft waren, wieder aus den Wägen herauszuholen und nach dem verlorenen Gebiss abzusuchen. Weil es für uns keine Probleme, sondern nur Lösungen gibt, konnte der Gast nach einer erfolgreichen Müllwühlaktion sein Kleinod wieder in Besitz nehmen.

✈

Wenn unsere Gäste nicht schlafen, wird der Gast höflich gefragt, ob er fertig gegessen hat und das Tablett schon mitgenommen werden darf. Das parallel oder gekreuzt liegende Besteck gibt selten Aufschluss darüber.

»Hat es Ihnen geschmeckt, darf ich abservieren? Did you enjoy your lunch, did you finish?« – »No Finish, Austrian!"
Na dann wäre ja die Nationalität auch geklärt! Und mit dem Abservieren warten wir noch ein bisschen!

✈

Nach dem Service bewegen sich Passagiere gerne. Manche spazieren ein- oder mehrmals durch das Flugzeug, manche praktizieren Leibesübungen neben ihren Sitzen oder auch in den Küchen. Unser Verständnis dafür ist groß, langes Sitzen strengt an, die Beine schwellen und die Muskeln verspannen sich.
Umso größer ist allerdings die Verwunderung, wenn Gäste zehn Schritte bis zur Toilette tun, dort ein paar Minuten warten müssen und sofort die nächste auch noch so ungeeignete Sitzmöglichkeit ansteuern. Die Klappsitze der Flugbegleiter sind ein beliebtes Ziel. Doch auch das »Miniaturbüro« des Pursers, in welchem sich die Videorecorder, ein Computer und diverse Flugunterlagen befinden, ist vor sitzwütigen Gästen nicht sicher. Nach dem Motto »Besser schlecht gesessen als

gut gestanden« wirkt selbst die Aufschrift auf den Verkleidungen der Notrutschen »Do not sit here. Nicht auf diesem Kasten sitzen« wie eine Einladung zum Hinsetzen. Der Bitte, dies zu unterlassen, wird meist mit verständnislosem Kopfschütteln Folge geleistet.

✈

Manchen Gästen ist an Bord einfach langweilig. Die Zeitungen sind ausgelesen, der gezeigte Film ist bereits bekannt, die Möglichkeiten der Beschäftigung sind beschränkt.

Fotografieren oder Filmen ist ein sehr beliebter Zeitvertreib.
Um den Urlaubsablauf möglichst authentisch festzuhalten, müssen auch Sequenzen aus dem Flugzeug aufgenommen werden. Dabei ist jedes Motiv willkommen. Freundliche Flugbegleiter beim Einsteigen, ernste Flugbegleiter bei der Erklärung der Sicherheitsvorschriften mit einer Sauerstoffmaske über dem Gesicht, gehetzte Flugbegleiter beim Service, all dies wird digital festgehalten. Irgendwann wird vermutlich ein Bildband über den Arbeitsalltag der Flugbegleiter erscheinen. Über Tantiemen wird erst verhandelt werden müssen.

Ein besonders fantasievoller Gast hatte eine andere, einträgliche Idee, sich die Zeit zu vertreiben. Als ein Flugbegleiter in den hinteren Teil der Kabine zu den Toiletten kam, saß dort ein Mann auf einem der Flugbegleiterklappsitze mit einem Teller in der Hand. Der Teller war mit Münzen gefüllt.
Auf die Frage, was er hier mache, antwortete der Mann ganz stolz: »Ich kassiere von jedem, der zur Toilette geht, fünf Schilling. Sie zahlen fast alle!«

✈

Wenn die Sicht klar ist, betrachten viele Passagiere gerne die Welt von oben durch die Flugzeugfenster. Das vertreibt die Zeit und ist interessant. Oft gibt es wirklich schöne Fotomotive, und auf den Bordmonitoren lässt sich zusätzlich die Flugroute verfolgen.
Nicht selten werden wir von Gästen gefragt: »Welcher Berg ist das? Wie heißt der Fluss da unten? Und wie die Stadt daneben?« Nun muss ich zu meiner Schande gestehen, dass ich meist nicht einmal weiß, über welchem Land wir uns gerade befinden. Das hat weniger mit Desinteresse zu tun als mit der Tatsache, dass wir selten Zeit haben, aus dem Fenster zu sehen.

Ein Gast wollte seine Koordinaten ganz genau wissen. Als er in der Dämmerung irgendwo über den österreichischen Alpen ein paar Lichter einer Hundertseelengemeinde wahrnahm, fragte er eine Flugbegleiterin: »Was ist das dort unten?« Die Flugbegleiterin neigte sich zum Fenster, betrachtete die Landschaft nachdenklich und meinte dann selbstsicher: »Das ist Sankt Jakob im Wald« Der Gast war ob der geografischen Kenntnisse sprachlos.
Ich habe übrigens in einer Karte nachgesehen: In Österreich gibt es tatsächlich mehrere Orte mit dem Namen Sankt Jakob, auch solche mit dem Zusatz »im Wald«. Welchen davon die Flugbegleiterin identifiziert hat, bleibt unklar.

✈

Wenn ein Gast einen Wunsch hat und es ist kein Flugbegleiter zu sehen, bei dem er diesen äußern kann, hat er die Möglichkeit sich mittels eines Rufknopfes bemerkbar zu machen. In der Bordküche ist dann ein Klingelton zu hören und über dem Passagiersitz leuchtet ein Lämpchen auf. Wenn zu diesem Zeitpunkt gerade alle Flugbegleiter in der Passagierkabine mit dem Service beschäftigt sind, können sie den Klingelton nicht hören, aber dann kann sich der Gast ja ohnedies auch durch ein Zeichen bemerkbar machen. Auf vielen Flugzeugtypen ist der Rufknopf in der Armlehne angebracht, was gerade in der Nacht sehr oft zu ungewollten Klingelkonzerten führt, weil der Knopf für das Ein- und Ausschalten der Leselampen sehr leicht mit eben diesem Rufknopf verwechselt wird. Meist sind die Gäste sehr überrascht, wenn ein Flugbegleiter kommt und nach den Wünschen fragt, wo sie doch gar keine haben. Nach jeder erledigten Anfrage löschen die Flugbegleiter den betätigten »Call«. Mitunter ist das aber auch nicht möglich, weil der »Resetbutton« in der Armlehne nicht erreichbar ist und alle Gäste der Reihe die Augen geschlossen haben und somit nicht erkennbar ist, wer gewollt oder auch ungewollt geläutet hat. Die Lämpchen bleiben also eingeschaltet, womit ein neuerlicher »Call« oft nicht mehr so leicht zuzuordnen ist. Da wir Flugbegleiter aber auch in der schlafenden Kabine regelmäßig Tabletts mit Getränken anbieten und Kontrollrunden drehen, sollte das im Normalfall kein wirkliches Problem darstellen.

Eine Dame auf einem Gangsitz kontaktierte eine Flugbegleiterin auf »Kontrollgang« mit süßlicher Stimme: »Fräulein können Sie mir erklären, wofür dieses kleine Lämpchen über der Sitzreihe gut ist?« »Natürlich gerne!« Es folgte eine Erläuterung des Systems. Mit einem zwei Oktaven tieferem Tonfall setzte die Dame nach: »Dann kommen Sie gefälligst auch, wenn ich geläutet habe!«

✈

Rituale aus dem täglichen Leben werden auch mit in das Flugzeug genommen. Vor dem Schlafengehen befreien sich viele Menschen in der Kabine von ihren Blähungen oder bieten uns beim Gähnen ungeniert Einblick auf das Zäpfchen in ihrem Rachen.
Auch nach dem Aufwachen hat jeder Mensch andere Bedürfnisse. Manche brauchen erst eine Tasse Kaffee um ansprechbar zu sein, andere einen Cognac. Die einen praktizieren erst ein paar Leibesübungen, die anderen putzen sich die Zähne, nehmen in den Bordtoiletten großzügige Waschungen vor und überschwemmen damit diese kleinen Kabinen.
Einzelne sind weniger an ihrem körperlichen Wohl interessiert, als vielmehr an ihrem Karma.

Als die Flugbegleiter bei Sonnenaufgang gerade das Frühstücksservice in der Küche vorbereiteten, kam eine mehrköpfige Familie in »Hare Krishna Verkleidung« im Gänsemarsch in die Küche. Mit über ihren Köpfen wiegenden Händen sangen sie »Wir begrüßen die Sonne«. Die Flugbegleiter baten die Gäste, die Sonnenbegrüßung später stattfinden zu lassen, da jetzt das Frühstück serviert werde. Das sei leider nicht möglich, wurde erklärt, denn die Sonne sei beleidigt, wenn sie nicht rechtzeitig begrüßt werde.
Eine Flugbegleiterin handelte einen Kompromiss aus. Da die Sonne ja nur auf 10.000 Meter jetzt schon zu sehen sei, am Boden aber erst später aufginge, würde sie nach dem Service mit der Familie gemeinsam das Ritual vollziehen. Das Versprechen wurde eingelöst. Als letzte im Gänsemarsch wiegte sie nach dem Frühstück ihre Hände in der Luft und hieß die Sonne willkommen. Diese dürfte die verspätete Begrüßung nicht übel genommen haben, sie ging auch am nächsten Tag wieder zur erwarteten Zeit an der richtigen Stelle auf.

Beim Ausfüllen der diversen Zoll- und Landeformulare helfen wir sehr gerne. Diese Formulare werden von den angeflogenen Ländern zur Verfügung gestellt und sind meistens nicht in deutscher Sprache erhältlich. Viele englische Ausdrücke sind auch mit viel Fantasie ohne Kenntnis der Sprache schwer übersetzbar. »First Name«, »Surname« und »Date of birth« funktioniert meist noch recht gut, bei »Purpose of visit«, »Occupation« oder »Port of Embarkation« wird es schon bedeutend schwieriger. Die Spalte »Sex« löst dann oft sprachloses Erstaunen aus. Was soll damit gemeint sein? »Täglich?«, »Einmal pro Woche?«, »Nie?«, »Mit wem?« – und warum wollen die das überhaupt wissen?

Auf einem Flug nach Malè auf den paradiesischen Inseln der Malediven war die Spalte »Sex« in den Einreiseformularen sogar noch unterteilt in »Male« und »Female«. Ein Gast war ob dieser Wahlmöglichkeit völlig überfordert. Er betätigte den Rufknopf, um sich dann kleinlaut zu erkundigen: »Fräulein wohin fliegen wir jetzt eigentlich? Nach Male oder nach Female?«

✈

Die Abkürzungen der Flughäfen sind selbst für jemanden aus der Branche nicht immer nachvollziehbar. VIE für Wien oder FRA für Frankfurt fällt noch unter die leichten Übungen, bei YYZ für Toronto oder KIX für Osaka helfen auch die Kenntnis des Flughafennamens und viel Fantasie nicht weiter. Besonders schwierig ist es dann, wenn zwei Destinationen einen ähnlichen Namen haben.
So gibt es in Spanien zum Beispiel einen Flughafen PMI in Palma di Mallorca auf den Balearen im Mittelmeer, einen anderen, LPA, in Las Palmas auf den Kanaren im Atlantik.

Ein älteres Ehepaar hatte einen Urlaub in Las Palmas gebucht. Leider befand sich neben dem Abfluggate für ihren Flug das Gate für den Flug nach Palma di Mallorca. Es fiel niemandem auf, dass das Ehepaar mit einer falschen Bordkarte in das Gate nach Palma di Mallorca ging. Die Gesamtanzahl der Gäste stimmte mit den gezählten Coupons überein, und der Flug nach Mallorca hob ab. Weil sie ja keine vergleichenden Erfahrungen hatten, fiel den beiden Gästen auch nicht auf, dass die Flugzeit wesentlich kürzer war, als sie hätte sein sollen. Erst als sie in Mallorca einen Repräsentanten ihres Reiseveranstalters kontaktierten, wurde der Irrtum offensichtlich. Für die Gäste wurde schließlich ein Flug von Palma di Mallorca nach Las Palmas organisiert.

✈

Gäste, die nicht so häufig fliegen unterhalten sich gerne mit uns. Sie erzählen mit Vorfreude, wohin sie auf Urlaub fliegen, wie lange sie bleiben und fragen auch, ob sie wohl von derselben Besatzung in zwei Wochen wieder abgeholt werden. Ein bedauerndes: »Ach so, Sie fliegen nicht nur auf dieser Strecke?« lässt wieder den Vergleich zu Bus und Straßenbahn zu. Schließlich bleiben die Mitarbeiter dort meist ihrer vertrauten Strecke treu.
Auch die Frage, ob wir wohl das gebuchte Hotel kennen, es gibt ja meist nicht viel mehr als hundert an einer Urlaubsdestination, wird häufig gestellt.

Ein Ehepaar wollte gar nicht lockerlassen bei der Erkundigung um die Qualität des gewählten Hotels, es hatte den Vertrauen erweckenden Namen »Hotel Wucher«. Um die Richtigkeit dieser Angabe zu untermauern, wurde auch die Buchungsbestätigung präsentiert – ein »Hotel Voucher«. Es ist zu hoffen, dass das Ehepaar einen schönen Urlaub in dem auf dem Voucher angegebenen Hotel »Sandy Beach« verbracht hat.

Manche Menschen brauchen Publikum, um wirken zu können. Die Bitte, jemandem über Bordlautsprecher zum Geburtstag zu gratulieren, müssen wir dennoch ablehnen. Bei 200 Gästen an Bord ist die Wahrscheinlichkeit, dass sich ein Geburtstagskind unter ihnen befindet 0,55 Prozent, das heißt, zumindest auf jedem zweiten Flug eines. Also überlassen wir solche Ehrungen gerne lokalen Radiosendern. Manche Ansinnen sind jedoch so romantisch, dass man sie kaum verweigern kann.

Ein junger Mann kam ganz heimlich zu einer Flugbegleiterin, er wolle seiner Liebsten jetzt und gleich einen Heiratsantrag machen, über Lautsprecher. Die Flugbegleiterin überließ dem Heiratswilligen das Bordmikrofon. Mit romantischen Worten bat er seine Freundin um ihre Hand. Die angesprochene Dame brach in Tränen aus und sagte »JA«. Schnell wurde aus der Sakkotasche ein Ring gezaubert und der Verlobten angesteckt. Einige Passagiere klatschten Beifall. Ob die Hochzeit danach wirklich stattfand, ist nicht überliefert.

Die gleiche Idee hatte auch ein anderer Gast auf einem anderen Flug. Das Ergebnis des Heiratsantrags war jedoch leider weniger romantisch, er wurde von der Herzensdame dankend abgelehnt. Eine Flugbegleiterin, die die negative Wende nicht mitverfolgt hatte, kam mit zwei Piccoloflaschen Sekt, um dem Paar zu gratulieren. Als sie vom Brautwerber über die eben erhaltene Abfuhr aufgeklärt wurde, meinte sie bedauernd: »Schade! Dann nehmen Sie beide Flaschen, Sie werden es brauchen!«

Souvenirs aus Flugzeugen sind begehrte Sammelobjekte. Eine bunte Decke für den Garten; die Handlotion, Seifen und eine Packung Kleenex aus der Toilette für die Handtasche; Zucker, Milchpäckchen und Löffel für das nächste Picknick; Kopfhörer für den Walkman zu Hause. Manche Tabletts sind zum Abräumen so ordentlich zusammengestapelt, dass es uns gar nicht auffällt, wenn die Porzellanteller und das Metallbesteck fehlen. Im Eintausch für die einbehaltenen Dinge überreichen uns manche Gäste beim Aussteigen Säckchen, in denen sie während des gesamten Fluges ihren Müll gesammelt haben, oder auch das Ergebnis ihrer Reiseübelkeit.

Der Vater eines Kleinkindes wollte sich wenige Minuten vor der Landung der unverdauten Reste des Mageninhaltes seines Kindes entledigen. Er stand plötzlich auf und stellte das unverschlossenen Säckchen mit dem flüssigen Inhalt auf den Küchentisch neben einem Flugbegleiterklappsitz. Nun lag die Vermutung sehr nahe, dass sich nach der Landung und dem folgenden Bremsmanöver das Säckchen von Küchentisch verabschieden und sich auf den Boden und den daneben sitzenden Flugbegleiter ergießen werde. Was lag also näher, als dass der Flugbegleiter, obwohl er bereits die Rapsblüten auf den Feldern in Schwechat zählen konnte, sich abschnallte und das Säckchen in der Toilette entsorgte. Nur wenige Sekunden nachdem der Flugbegleiter seine Position wieder eingenommen hatte, setzte das Flugzeug auf der Piste auf. Erklärend dazu sei anzumerken, dass die Piloten, wenn das Flugzeug nicht ordnungsgemäß für eine Landung vorbereitet ist – und dazu gehört auch, dass sich alle Flugbegleiter angeschnallt auf ihren Sitzen befinden – nicht landen dürfen! Durch die Kamera in der Türe zum Cockpit konnten die Piloten erkennen, dass der Flugbegleiter gerade rechtzeitig wieder seinen Platz eingenommen hatte, und ein Durchstarten nicht notwendig war.

Ein ganz besonderes Geschenk überbrachte ein Mann beim Aussteigen einer Flugbegleiterin an der Tür. Es war ein leeres Tablett. Die Flugbegleiterin vermutete, der Gast habe sich eines Besseren besonnen und es doch nicht mitnehmen wollen, oder er hatte in seiner Tasche keinen Platz mehr dafür gefunden. Die Erklärung war eine andere: »Das Tablett gebe ich Ihnen jetzt wieder zurück. Wissen Sie, ich habe Hämorrhoiden, ich kann auf den weichen Polstern nicht sitzen, aber auf dem Tablett ist es recht gut gegangen!«

Reisen macht Freude, auch Fliegen macht Freude. Am größten ist die Freude aber, wenn man wieder aussteigen darf.
Es ist ein Phänomen der Ferienflüge, dass, sobald sich das Flugzeug im Landeanflug befindet, sofort tonnenweise Handgepäck aus den Gepäcksfächern herausgeräumt und in den Gang gestellt wird. Gerade für Start und Landung muss das Gepäck jedoch sicher verstaut sein, damit in einem Notfall nicht die Flucht-

wege blockiert sind. Also räumen Flugbegleiter das gesamte Gepäck wieder in die Fächer zurück. Vermutlich ist die »Vor-der-Ankunft-Hektik« ein Relikt der Bahnreisen. Auch dort stehen Menschen mit ihrem Gepäck bereits ab Hütteldorf in der Schlange, wenn sie in Wien-Westbahnhof aussteigen wollen.

Ein älteres Ehepaar versetzte die Flugbegleiter in Erstaunen. Kaum hatte der Pilot über Lautsprecher angesagt, dass die Landung in zehn Minuten zu erwarten sei, packte sich das Pärchen zusammen. Mit Hut, Stock und Tasche stellten sich die beiden erwartungsfroh vor die Türe des Flugzeuges. Der Aufforderung, sich bitte wieder niederzusetzen, kamen sie mit einem verständnislosen Kopfschütteln nach.

Gäste, die schon öfter geflogen sind, haben natürlich Vergleichsmöglichkeiten, sowohl was den Service an Bord betrifft, als auch bei technischen Details.

Als eine Landung in Wien auf Grund der Wetterbedingungen etwas härter ausfiel, honorierte eine Flugbegleiterin diesen Umstand bei ihrer Verabschiedungsansage: »Meine Damen und Herren, hart aber herzlich willkommen in Wien!«
Eine Dame meinte daraufhin: »Gelt, die Landepiste in Graz ist viel weicher als die in Wien!?«

Bei Start und Landung eines Flugzeuges ist die Besatzung in höchster Konzentration, doch auch für die Gäste sind dies oft die aufregendsten Momente.
Das Gefühl der Beschleunigung und die oft endlosen Sekunden, bis ein Flugzeug abhebt, lassen vermutlich den Adrenalinspiegel genauso steigen wie das Glücksgefühl bei der Landung den Spiegel der Endorphine.
Nicht selten drückt sich die Erleichterung der Passagiere nach einem sanften Aufsetzen auf der Landepiste in einem Applaus aus. Aus organisatorischen Gründen ist es der Besatzung nicht möglich, sich nach einem Flug theatralisch vor dem Vorhang zu verbeugen, aber wir werten das Klatschen unserer Gäste als einen Tribut an unsere erbrachte Leistung.
Beim Aussteigen bedanken sich viele Gäste noch persönlich bei uns Flugbegleitern, und an der Anzahl der sich bedankenden Menschen lässt sich auch deren Zufriedenheitsgrad mit der Qualität des gesamten Fluges nachvollziehen. Manche Passagiere schütteln uns auch die Hand. Erstaunlicher Weise führt das zu einem Dominoeffekt, der sich nur schwer unterbrechen lässt. Anders als in den

meisten Dienstleistungsberufen ist es nicht üblich, Flugbegleitern Trinkgelder zu geben und es ist auch nicht vorgesehen, dass wir solches annehmen.

Eine ältere Dame ließ es sich dennoch nicht nehmen, einer Flugbegleiterin beim Aussteigen die Hand zu geben, in der sich ein Fünfschillingstück befand. »Vielen Dank, das ist für Sie«, verabschiedete sie sich. Der Achtung dieser Dame den Vorzug gegenüber der Beachtung einer »Vorschrift« gebend, nahm die Flugbegleiterin die Münze dankend an.

✈

Obwohl die meisten Gäste das Flugzeug unmittelbar nach der Landung förmlich fluchtartig verlassen wollen, gibt es immer wieder einige, die es nicht so eilig haben. Manche schlafen so tief und fest, dass sie erst geweckt werden müssen und ganz erstaunt zur Kenntnis nehmen, dass die Reise schon zu Ende ist.

Zwei ältere Damen machten gar keine Anstalten, aufstehen zu wollen. Ein Flugbegleiter bot seine Hilfe an. Doch die Damen erklärten, das Flugzeug jetzt noch nicht verlassen zu wollen. Auf ihr Ticket verweisend, meinten sie: »Wir haben bis siebzehn Uhr dreißig bezahlt, jetzt ist es erst siebzehn Uhr zehn!«

✈

Andere Gäste beginnen erst nach der Landung, sich umzukleiden und ihre persönlichen Dinge akribisch zusammenzupacken. Es scheint fast, als fände ein Verabschiedungsritual vom lieb gewonnenen Sitzplatz statt.
Wir Flugbegleiter sind oft ungeduldig, weil wir das Flugzeug ohnedies bald wieder sehen und gerne nach Hause gehen möchten.

Eine Flugbegleiterin forderte die letzten Gäste über Lautsprecher auf: »Bitte beeilen Sie sich, der Passagierbus und alle anderen Gäste warten bereits auf Sie!« Da keine Reaktion folgte, fügte sie noch hinzu: »Und wer zuletzt aussteigt, putzt die Kabine!« Vielleicht trug auch diese Drohung dazu bei, dass sich das Flugzeug danach ziemlich schnell leerte.

Executive Club
Inklusive 2-Jahresabo
2 Jahre jetzt nur € 88,-
Ihr Vorteil rund um den Globus…
REISE aktuell
Malediven
Mittelmeer
Der REISE-aktuell Executive Club ist Ihr Vorteil rund um den Globus. REISE-aktuell bietet gemeinsam mit Diners Club – neben der Kreditkartenfunktion der Diners Club Gold Card – Rabatte in den schönsten Hotels der Erde, führender Autovermietungen oder Reiseveranstaltern an.
Executive Club by REISE aktuell
Wer kann Mitglied werden? Alle Personen mit österreichischem Bankkonto.
Hotline: +43-1-597 49 85-18 · www.reiseaktuell.at

die kranken

die kranken

Wie bereits im Vorwort erwähnt, sind Flugbegleiter nicht nur Personen, die einen Flug begleiten, sondern auch Krankenschwestern, Lebensretter und Therapeuten. Wobei diese Aufgaben zu den schwierigsten an Bord gehören. Erste Hilfe ist zwar ein Teil unserer Ausbildung und wird auch jährlich in Kursen aufgefrischt, aber diese Ausbildung kann dennoch immer nur einen ganz kleinen Teil medizinischer Kenntnisse vermitteln, zudem sind auch die technischen Möglichkeiten an Bord natürlich niemals vergleichbar mit einem Krankenhaus. Die medizinische Ausrüstung an Bord ist sinnvoll, aufwendig und vielfältig zusammengestellt, ein Teil davon darf allerdings nur von medizinisch ausgebildetem Personal – also Ärzten – verwendet werden.
In einem vollbesetzten Langstreckenflugzeug befinden sich knapp 300 Passagiere mit mehr oder weniger gutem Allgemeinzustand. Die Gesundheit jedes einzelnen präventiv überprüfen zu wollen, wäre illusorisch. Viele gewissenhafte Gäste besorgen sich vor Antritt einer Reise ein ärztliches Attest, um sich selbst zu vergewissern, dass sie »flugtauglich« sind. Leider gibt es aber auch immer wieder welche, die ihre Gesundheit lieber dem Zufall und den beschränkten Möglichkeiten eines fliegenden Krankenhauses überlassen.

Als ein Passagier bereits beim Einsteigen die zehn Zentimeter hohe Schwelle bei der Türe kaum überwinden konnte, fragte ein Flugbegleiter, ob er »ok« sei. Der Gast konnte sich einerseits mangels sprachlicher Fertigkeit, andererseits aber auch aufgrund seines Gesundheitszustandes kaum äußern. Zwischen gepressten Atemzügen, die den Eindruck eines Erstickenden erweckten, konnte er zumindest in der Zeichensprache mit zwei Fingern der rechten Hand und einem Griff mit der linken zu seinem Herzen verständlich machen, dass ebendort das Problem lag. Ob er damit andeuten wollte, dass er bereits zwei Herzinfarkte hatte oder zwei Bypässe, ließ sich nicht verifizieren. Er schaffte es jedoch, zitternd aus seiner Jackentasche ein Röhrchen mit Tabletten hervorzuholen, die er offenbar einnehmen sollte. Sofort wurde über Funk ein Flughafenarzt angefordert, der Gast einstweilen auf einen der Flug-

begleiterklappsitze gebeten. Der Arzt konnte ohne medizinische Geräte, wie zum Beispiel einem EKG, keine Diagnose stellen und er konnte auch keine Garantie abgegeben, dass der Mann den Flug unbeschadet überstehen würde. So wurde dieser mit der Ambulanz abgeholt und einer medizinischen Betreuung zugeführt.

✈

Oft wissen Passagiere über ihren eigenen Gesundheitszustand nicht Bescheid und können somit gar nicht abschätzen, wie sehr sie sich selbst gefährden, wenn sie ohne medizinische Abklärung eine Reise antreten.

Eine Dame mittleren Alters wirkte schon beim Einsteigen desorientiert. Sie wankte zu ihrem Sitz und lallte, als wäre sie betrunken. Die Frau beteuerte jedoch immer wieder, sie würde nie Alkohol trinken. Die Frage, ob sie irgendwelche Medikamente nehme, wurde von ihr mehrmals, dann auch schon aggressiv und hysterisch verneint. Man solle sie nur in Ruhe lassen, sie sei Diabetikerin und wolle schlafen. Es stellte sich heraus, dass die Frau Insulin gespritzt hatte, möglicher Weise in einer falschen Dosierung.
Die von der Besatzung angeforderte Flughafenambulanz diagnostizierte schließlich, dass ihr Blutzuckerspiegel sehr niedrig, im kaum messbaren Bereich, war. Die Bemühungen der Flugbegleiter und der Sanitäter, den Zustand der Frau durch mehrmalige Gabe von stark gezuckertem Fruchtsaft zu stabilisieren, blieben erfolglos. Da eine Infusion mit Traubenzuckerlösung notwendig war, wurde die Frau in die Ambulanz zur weiteren Betreuung mitgenommen. Der Flug über den Atlantik konnte mit erheblicher Verspätung abheben.
Verwunderlich scheint unter diesen Umständen die Tatsache, dass es an Bord Gäste gab, die, obwohl der Kapitän in einer Bordansage umfassend über die Situation informierte, es sich nicht nehmen ließen, massiv Beschwerde über die Verspätung zu führen.

✈

Die meisten Passagiere wissen, dass sie eine Erkrankung besser schon bei der Buchung bekannt geben, um keine unliebsamen Überraschungen zu erleben.

In den Informationen für die Flugvorbereitung von Japan nach Europa gab es den Hinweis auf zwei »Medical cases«. Dies bedeutet, dass Passagiere eine Erkrankung oder Behinderung bei der Fluglinie angegeben und um eine Freigabe ersucht haben. Ein Arzt entscheidet schon im Vorfeld über die Flugtauglichkeit. Die Kabinenbe-

satzung bekommt vor dem Flug die Information über die Art der Erkrankung und auch entsprechende Verhaltensempfehlungen.
Zum einen war auf diesem Flug ein Gast angekündigt, der an einer halbseitigen Lähmung litt, für den Gast gab es die Zusatzinformation: »Passenger has to be accompanied« Das bedeutet, dass der Gast nur in Begleitung reisen darf, da er alleine nicht in der Lage ist, seinen Bedürfnissen gerecht zu werden. Der zweite Fall war definiert als Passagier mit »wiederholten depressiven Störungen«, mit dem Zusatz, die Kabinenbesatzung habe Sorge zu tragen, dass dieser Gast während des Fluges keinen Alkohol zu sich nimmt. Solche außergewöhnlichen Passagiere stellen für uns insofern eine Herausforderung dar, als die Anzahl der Flugbegleiter an Bord die gleiche bleibt, die Betreuung der anderen Gäste nicht zu kurz kommen soll, aber dennoch ein beträchtliches »Mehr« an Betreuung für diese Sonderfälle notwendig ist.
Bei genauerem Studium der Passagierinformation stellte sich allerdings bald heraus, dass der zu betreuende Gast mit wiederholten depressiven Störungen die Begleitperson des Gastes mit der halbseitigen Lähmung war. Da nicht geklärt war, wer von den zweien für wen Verantwortung übernehmen sollte, konnten beide Gäste den Flug nicht antreten.

✈

In einzelnen Fällen ließ und lässt sich die gesundheitliche Gefährdung nicht vor Abflug klären, oftmals auch deshalb, weil das Problem seitens der Gäste ignoriert oder auch bewusst verschwiegen wird. Dass solcher Leichtsinn auch letal enden kann, erfahren wir nicht oft, aber dann jedoch dramatisch.

Auf einem Flug von Indien nach Europa wurde ein Passagier als »Medical case« avisiert. Dieser Gast war als Dialysepatient zum Flug freigegeben worden, was an sich eine rein informative Angelegenheit ist, da die Dialyse zeitgerecht vor dem Flug stattfindet und an Bord keine Maßnahmen erforderlich machen sollte. Der Mann konnte ohne Hilfe zu seinem Sitz gehen, wirkte zwar geschwächt, war aber ansprechbar. Nach zwei Stunden Flugzeit, der Passagier hatte bereits sein Abendessen zu sich genommen, meldete sich die Ehefrau, der Zustand ihres Mannes hatte sich massiv verschlechtert. Da er sehr flach atmete, gab die Kabinenbesatzung Sauerstoff, ein Arzt wurde ausgerufen. Danach überschlugen sich die Ereignisse. Unter den Passagieren befand sich tatsächlich ein Mediziner, der die Vitalfunktionen des Patienten überprüfte, als dieser in sich zusammensackte. Er wurde in die Küche getragen, der medizinische Notkoffer, ein Defibrillator, ein Ambu zum Beatmen bereitgestellt. Dennoch konnte der Arzt trotz intensiver Bemühungen nur mehr den Tod des Mannes feststellen. In einem folgenden Gespräch mit der geschockten Witwe stellte sich dann Unfassbares heraus: Der Mann hatte seine Reise nach Indien angetreten, um dort eine Niere implantieren zu lassen. Da der Körper leider das fremde Organ abstieß, wurde die Niere wenig später wieder entfernt. Nur einige Tage nach dieser zweiten schweren Operation trat der Mann, ohne einen Arzt zu konsultieren oder sich eine medizinische Freigabe für den Flug zu besorgen, auf eigene Verantwortung den Heimflug an. Für alle Beteiligten war dieses Erlebnis schockierend und traumatisch. Von den anderen Gästen wurde das tragische Ereignis zum Glück kaum wahrgenommen. Nur ein Einziger fragte, was mit dem Mann in der Reihe vor ihm passiert sei.

Diese Geschichte mag begreiflich machen, warum Flugbegleiter in vielen Belangen Humor zeigen, wenn es aber um die Gesundheit oder Sicherheit an Bord geht, keine Scherze zulassen.

✈

Doch auch wenn unsere Gäste gesund an Bord kommen, kann es passieren, dass sie plötzlich erkranken oder ein unvorhersehbares Ereignis eintritt.

Eine ältere Dame hatte es sich nach dem Service bequem gemacht und war eingeschlafen. Es war nicht weiter auffällig, dass sie während des gesamten Fluges keine Wünsche mehr äußerte. Auch dem daneben sitzenden Ehemann fiel nichts Ungewöhnliches auf. Erst nach der Landung versuchte er, seine Frau aufzuwecken. Als alle anderen Gäste ausgestiegen waren, wurde es offensichtlich, dass die Frau nicht mehr aufzuwecken war. Weder die sofort einsetzenden Herzmassage und Beatmung durch die Flugbegleiter, noch die eintreffende Ambulanz konnte die Dame retten. Sie war irgendwann während des Fluges unbemerkt verstorben.

Für uns Flugbegleiter gibt es die Möglichkeit, nach solchen einschneidenden Ereignissen, psychische Unterstützung in Anspruch zu nehmen. Eine ausgebildete Gruppe von Kollegen hilft, in Gesprächen das Erlebte aufzuarbeiten. Diese Möglichkeit wird fast immer gerne und dankend angenommen.

✈

Selbst Verletzungen sind an Bord nicht auszuschließen. Zum Glück sind die Verletzungsmöglichkeiten sehr beschränkt, und meistens mit Brandsalbe oder Pflaster behandelbar.
Doch manchmal ist professionelle medizinische Versorgung notwendig.

Ein älterer Herr übersah beim Aussteigen die kleine Stufe vom Flugzeug in das Fingergate und stürzte. Eine Flugbegleiterin half ihm gemeinsam mit seiner Frau wieder auf die Beine. Vorerst sah es so aus, als sei dem Gast nichts passiert, zumal er keine Schmerzen äußerte, als die Flugbegleiterin bemerkte, dass unter seiner Kappe Blut heraus quoll und ihm über das Gesicht lief. Sie bat das Ehepaar, wieder ins Flugzeug zurück zu kommen, um auf die Ambulanz zu warten, doch die Ehefrau wollte keinesfalls ihren Anschlussflug versäumen und drängte ihren Mann den Gang hinauf in den Transitbereich. Der Mann merkte vermutlich im Schock seine Verletzung nicht und folgte seiner Frau. Die Flugbegleiterin eilte den Gästen voraus und bat das Bodenpersonal um Unterstützung. Die Ambulanz wurde gerufen und es stellte sich heraus, dass der Gast sich bei dem Sturz nicht nur eine Platzwunde am Kopf zugezogen hatte, sondern auch den Arm gebrochen hatte. Der Anschlussflug war somit auch für die Ehefrau kein Thema mehr.

✈

Wenn über Gesundheitsrisiken an Bord gesprochen wird, sind Thrombosen ein immer wiederkehrendes Thema. Viele Passagiere lassen sich vor einem Flug Substanzen injizieren, die das Risiko minimieren, oder tun dies auch selbst. Die Ampullen sind in jeder Apotheke käuflich erwerbbar.
Auch in unserem medizinischen Koffer befinden sich solche Substanzen und dürfen nur von einem Arzt bei einem Notfall an Bord verabreicht werden.
Grundsätzlich ist der Inhalt dieses Koffers kein Geheimnis. Jeder Flugbegleiter muss ihn kennen und jeder Arzt, der je damit zu tun hatte, wird ihn kennen.

Dennoch waren die Flugbegleiter sehr überrascht, als sich nach dem Start ein Gast als Arzt zu erkennen gab und den Inhalt des Koffers sehr genau zu kennen schien. Er verlangte in forschem Ton zwei Fertigspritzen Heparin für sich und seine Frau. Dies sei jetzt absolut notwendig, weil die Gefahr einer Thrombose bestünde, die Tupfer habe er selbst mit. Für die Flugbegleiter war nicht feststellbar, ob eine akute Gefahr für den Arzt und seine Frau bestand, oder ob hier nur im Urlaubsbudget gespart werden sollte. Da eine medizinische Indikation und somit spätere Probleme an Bord von den Flugbegleitern nicht ausgeschlossen werden konnten, wurden die Medikamente abgegeben. Die Daten des Mediziners wurden aufgenommen, ein Bericht über den Vorfall verfasst. Die Aufarbeitung der Situation wurde der Abteilung Kundendienst überlassen.

✈

Manche Erwartungen von Gästen übersteigen unsere kühnsten Fantasien. Aber Flugbegleiter stellen sich nahezu jeder Situation.

Während des Getränkeservice bat ein Gast um Tee, dieser sollte in ein mitgebrachtes Gefäß gefüllt werden. Der Wunsch an sich war nicht außergewöhnlich, das Gefäß hingegen schon. Es handelte sich um eine Art Infusionsbeutel, den der Mann mit einem Schlauch verband, diesen wiederum mit seinem künstlichen Mageneingang. Nun war es notwendig, den Beutel so zu platzieren, dass der Tee der Schwerkraft folgend den Gast mit Flüssigkeit versorgen konnte. Da es über den Flugzeugsitzen keine Haken für Infusionen gibt, wurde eine Flugbegleiterin gebeten, den Beutel so lange in der Höhe zu halten, bis er entleert war.

✈

Erfahrungen mit Infusionen sind grundsätzlich keine Seltenheit. Die dafür notwendigen Utensilien sowie Infusionsflaschen mit Ringerlösung befinden sich im medizinischen Koffer an Bord.

Eine Dame alarmierte die Flugbegleiter, weil ihr Mann apathisch in seinem Sitz lehnte. Ein Arzt wurde ausgerufen. Es ist erstaunlich und beruhigend, dass sich auf fast jedem Flug ein Arzt meldet, wenn einer benötigt wird. Für uns Flugbegleiter ist es eine unglaubliche Erleichterung, wertvolle und kompetente Unterstützung zu bekommen. Von der Abteilung Kundenbeziehungen wird jede Bemühung eines Arztes angemessen honoriert. Auch in diesem Fall war schnell ein Mediziner zur Stelle. Da der Kreislauf des Patienten nicht stabil war, entschied der Arzt, ihm eine Infusion zu geben.
Der Mann wurde in der Küche auf mehreren Decken und Polstern gelagert, ein Zugang zur Vene wurde hergestellt, die Flasche mit der Ringerlösung an der Vorhangstange befestigt. Nach bereits kurzer Zeit ging es dem Mann wesentlich besser.
Die Flugbegleiter begannen zu diesem Zeitpunkt das Frühstückservice vorzubereiten. Da ein Unglück bekanntlich selten alleine kommt, entdeckten sie, dass in einem der Wägen zum Teil nur leere Tabletts beladen waren. Aufgrund eines Beladefehlers fehlten 14 Frühstücke. Niemand getraute sich auszusprechen, dass ein Gast sein Frühstück ja bereits intravenös verabreicht bekam und somit nur noch 13 fehlten. Weil sich aber immer alles irgendwie ausgeht, verweigerten auch auf diesem Flug zum Glück einige Gäste das Frühstück, sodass für den Patienten noch eines vorhanden war, als er wieder mit etwas Farbe im Gesicht zu seinem Sitzplatz zurückkehrte.

✈

Manche Erkrankungen sind zwar chronisch, treten aber nicht unbedingt regelmäßig in Erscheinung. Menschen, die unter Epilepsie leiden, sind oft selbst überrascht, wenn sie aus heiterem Himmel einen Anfall bekommen.

Während eines Nachtfluges war eine junge Frau bei den Toiletten angestellt. Plötzlich begann sie am ganzen Körper zu zucken, fiel zu Boden und verlor das Bewusstsein. Nach wenigen Minuten war sie wieder ansprechbar, jedoch verwirrt. Die Flugbegleiter verabreichten Sauerstoff und informierten die Eltern der jungen Frau, die bis zu diesem Zeitpunkt ihre Tochter noch nicht vermisst hatten. Da dies nicht der erste epileptische Anfall war, waren auch schnell die notwendigen Medikamente zur Hand. Auslöser dürfte das Flackern der großen Bildschirme an Bord gewesen sein. Nach kurzer Zeit hatte sich die junge Frau wieder soweit erholt, dass sie zu ihrem Sitzplatz zurückkehren konnte. Die Flugbegleiter gaben ihr eine Schlafmaske, um das Licht abzuschirmen, worauf sie den Rest des Fluges ohne Probleme verschlief.

✈

Auch psychische Erkrankungen können eine Flugreise zu einem Horrortrip sowohl für die Betroffenen, als auch die Mitreisenden und Flugbegleiter machen.

Eine Albanerin Mitte dreißig fiel auf einem Flug von den USA nach Europa auf, weil sie sich auch nach mehrmaliger Aufforderung nicht anschnallen wollte. Sie wirkte verwirrt und sehr nervös. Die Diagnose »Flugangst« wurde schnell gestellt und die Flugbegleiter kümmerten sich mit besonderer Aufmerksamkeit um sie. Nachdem das Service beendet war und die meisten Gäste bereits schliefen, erschien die Frau in der Bordküche. Sie versuchte zuerst mit einem Plastikmesser, dann mit einem zerbrochenen Plastikbecher, sich die Pulsadern aufzuritzen. Nachdem mehrere Flugbegleiter sie erfolgreich daran hindern konnten, sich selbst Verletzungen zuzufügen, wurde sie wieder zu ihrem Platz begleitet. Dort verschenkte die Frau zunächst die Kosmetika aus ihrer Handtasche an andere Fluggäste – mit der Begründung, sie werde sie ohnedies nicht mehr brauchen, weil sie sterben werde – und suchte dann erneut in ihrer Tasche nach einem geeigneten Instrument für ihren Suizidversuch. Ein Flugbegleiter blieb bis nach der Landung zur Betreuung bei ihr, danach wurde sie zwar unglücklich, aber lebend, den Behörden übergeben.

✈

Für gebrechliche oder behinderte Menschen ist jede Reise beschwerlich. Bei einer Flugreise gibt es aber zumindest die Möglichkeit, einen Rollstuhl anzufordern, der den Weg vom Einchecken bis zum Flugzeug erleichtert. Selbst an Bord ist ein faltbarer Rollstuhl vorhanden, der bei Bedarf aufgeklappt werden kann und den Weg zum und vom Sitz zu überbrücken hilft. Selbstverständlich helfen wir den Gästen beim Verstauen des Handgepäcks und bieten unsere Unterstützung an, wann immer sie notwendig sein sollte.

Das wissen offenbar viele Passagiere, denn es kommt vor, dass auf einem Langstreckenflug zehn und mehr Gäste mit einem Rollstuhl bis zur Flugzeugtüre gebracht werden. Das scheint verwunderlich, da es circa fünf Prozent der Menschen an Bord entspricht und somit jeder zwanzigste Gast einen Rollstuhl benötigt. Die Verwunderung wird dann an Bord noch größer, wenn ein Teil dieser Gäste im Flugzeug – vermutlich durch die besonders gesunde Luft – eine wundersame Heilung erfährt. Sobald sie ihre Sitze erreicht haben und die Flugbegleiter ihr Gepäck verstaut haben, können die Passagiere problemlos durch das Flugzeug laufen, ihre Behinderung ist wie weggeblasen. Leider ist die Heilung zeitlich limitiert. Wenn das Ziel der Reise erreicht ist, wird der Rollstuhl wieder benötigt, weil an ein selbständiges Gehen nicht zu denken ist. Manche Gäste geben auch unumwunden zu, dass sie den Luxus schätzen, ihr Handgepäck nicht tragen zu müssen und an den langen Warteschlangen vorbei durch die Sicherheits- und Passkontrollen geschoben zu werden.

Eine elegante Dame in Stöckelschuhen kam neben dem Rollstuhl trippelnd an Bord. Sie hatte ganz offensichtlich keine wie immer geartete körperliche Behinderung. Im Rollstuhl selbst saß ihr überdimensionales Handgepäck in Form von zwei Taschen und einem Koffer. Die Flugbegleiter fragten, ob dies neuerdings so üblich sei. Man habe ihr für das Gepäck eine Gebühr berechnen wollen, da es die erlaubte Freigrenze überschritten hatte, erklärte die Frau. Also habe sie gar keine andere Möglichkeit gehabt, als es mit in die Kabine zu nehmen. Es alleine zu tragen, war selbst für einen gesunden Menschen kaum möglich, womit sich der bestellte Rollstuhl erklärte.

Die Leidtragenden sind zweifelsfrei jene Passagiere, die wirklich auf Hilfe angewiesen sind, sich mangels Mobilität nicht »vordrängeln« können und auf einen »freien« Rollstuhl warten müssen.

Obwohl auch wir Flugbegleiter nach einem langen Flug manchmal so erschöpft sind, dass wir gerne aus dem Flugzeug gerollt werden würden, gibt es für uns im Normalfall keinen Rollstuhl. Aber Ausnahmen bestätigen bekanntlich jede Regel.

Einem Flugbegleiter passierte auf einem 24-stündigen Aufenthalt in den Vereinigten Staaten ein verhängnisvolles Malheur.
Beim Überqueren einer Straße sprang seine Kniescheibe aus dem Gelenk, er verbrachte Stunden in einem Krankenhaus und wurde schließlich mit der Rettung ins Hotel zurückgebracht. Unter heftigen Schmerzen konnte er gerade einige Schritte gehen. Als die Besatzung am nächsten Tag den Heimflug antrat, wurde der Flugbegleiter in Uniform mit einem Rollstuhl an allen Gästen vorbei zum Flugzeug gebracht.
Das Staunen und Raunen der Passagiere war groß. Der Serviceablauf dauerte auf diesem Flug etwas länger als gewohnt, da eine Arbeitskraft fehlte.

Nicht nur bei einer bestehenden Krankheit ist es ratsam, vor einem Flug den Arzt zu konsultieren, sondern auch bei einer Schwangerschaft. Die meisten Ärzte raten von einer Flugreise im letzten Schwangerschaftsdrittel ab, die meisten Fluglinien verlangen in den letzten Wochen der Schwangerschaft ein ärztliches Attest, oder akzeptieren schwangere Frauen in den letzten vier Wochen vor der geplanten Geburt gar nicht mehr an Bord. So weit die Theorie.
In der Praxis gibt es sowohl übergewichtige als auch sehr schlanke Frauen, bei denen sich eine Schwangerschaft durch eine ungeübte optische Diagnose nicht eindeutig feststellen lässt.

Auf einem Flug nach Delhi kam auch eine junge Inderin an Bord. Sie fiel nicht weiter auf, der Sari lässt Frauen viele Möglichkeiten offen, sich zu zeigen oder zu verhüllen.
Etwa zwei Stunden vor der Landung gab die junge Frau einer Flugbegleiterin zu verstehen, dass ihre Wehen soeben eingesetzt haben. Sie wurde in die Bussiness Class gebettet. Auf den Aufruf der Flugbegleiter meldeten sich mehrere Ärzte, allesamt Onkologen. Die werdende Mutter wollte noch ihre Priorität für weibliche Betreuung einbringen – kurz darauf kam mittels beispielloser Teamarbeit im fliegenden Kreißsaal ein gesunder Bub zur Welt. Mutter und Kind erreichten Delhi ohne Komplikationen. Die Flugbegleiter berichteten später, dies sei das schönste Erlebnis ihrer Flugkarriere gewesen.

die echten tiere

die echten tiere

Selbstverständlich werden an Bord von Flugzeugen auch Tiere transportiert.
Dies geschieht entweder in dafür geeigneten Containern im Bauch des Flugzeuges, oder unter gewissen Voraussetzungen auch in der Passagierkabine.
Diese Voraussetzungen sind genau definiert:
Nur Katzen und Hunde dürfen in die Kabine mitgenommen werden, die Anzahl der Tiere pro Klasse ist reglementiert, die Tiere dürfen ein festgelegtes Maß an Größe und Gewicht nicht überschreiten und sie müssen in einem geschlossenen wasserfesten Behältnis transportiert werden. Eine Ausnahme von dieser Regelung stellen nur Blindenhunde dar. Diese haben keine Größenlimits und dürfen an der Leine geführt werden.
Andere große Hunde, Pferde und Großkatzen können in einem Käfig im Frachtraum transportiert werden. Auch dort gibt es eine Druckkabine und die Temperatur kann vom Cockpit aus gesteuert werden. Dennoch ist der Schäferhund während einer Urlaubsreise wahrscheinlich bei einem Freund besser aufgehoben, da es im Frachtraum dunkel und laut ist, und die Reise für das Tier zumindest psychisch eine Belastung darstellt.
»Normal kleine« Hunde und Katzen sind in der Passagierkabine keine Seltenheit. Die Tierhalter allerdings sind immer wieder für eine Überraschung gut.

Auf einem Langstreckenflug waren bereits alle Gäste mit Speisen und Getränken versorgt. Eine Dame war von ihrem Hund begleitet, einem entzückenden semmelblonden Mischling in Kniehöhe. Da weder Hunde- noch Katzenfutter in unserer Beladung vorgesehen sind, gab es für das Tier nur etwas Wasser in einer Schale. Ob die Dame ihr Menü mit ihrem Hund teilte, entzieht sich meiner Kenntnis. Dennoch stand sie mit ihrem Hund plötzlich in der Küche und fragte, wo denn hier die Hundetoiletten seien.
Die Flugbegleiter waren ob dieser Frage überrascht und erklärten bedauernd, dass es keine Hundetoiletten an Bord gäbe (Hier erklärt sich, warum Tiere in einem was-

serfesten Behältnis transportiert werden müssen). Die Überraschung der Flugbegleiter wurde noch größer, als sie wenige Minuten später wieder in die Bordküche kamen.
Genau in der Mitte befand sich ein Hundehäufchen, Hund und Frauchen saßen ahnungslos auf ihren Plätzen. Auf das Häufchen angesprochen, wurde die Dame ziemlich ungehalten, IHR Hund sei das mit Sicherheit nicht gewesen, die Unterstellung sei haltlos.
Die Flugbegleiter entfernten schließlich den Fremdkörper vom Küchenboden, da sonst die gewohnte Arbeit nicht weitergeführt werden hätte können.
Womit sich das Berufsbild des Flugbegleiters wieder um eine Facette erweitert hatte!

✈

Katzen sind dagegen eher unproblematisch. Weil sie erstens kleiner sind und zweitens fast die ganze Zeit schlafen. Aber das gilt wohl auch nicht für alle Katzen.

Eine ältere Dame reiste mit ihrer Katze offenbar nicht das erste Mal. Sie hatte eine passende Tasche mit einem Sichtfenster vorne und verstaute das Tier auch ordnungsgemäß für den Start unter dem Vordersitz. Nach dem Service nahm sie dann die Tasche auf die Knie. Damit das arme Tier in der Tasche nicht erstickte, und vor allem auch um gestreichelt werden zu können, durfte das Köpfchen herausschauen. Es war wirklich entzückend anzusehen. Gott sei Dank gab es im Umkreis keine Katzenallergiker, oder aber sie hatten das Tier noch nicht bemerkt.
Um den Gästen etwas Schlaf zu ermöglichen, wurde in der Kabine das Licht gedimmt. Plötzlich wurde die Nachtruhe durch ein schrilles Kreischen unterbrochen, Tumult in der Kabine brach aus – die Katze war los.
Und sie war auch nicht gewillt, sich wieder einfangen zu lassen. Es begann eine Jagd über und unter alle Sitzreihen durch die ganze Kabine. Selbst die Tierhalterin war nicht in der Lage, ihr Kätzchen durch Rufen und Locken zurückzuholen.
Es war dem wahrlich heldenhaften Einsatz eines Passagiers zu verdanken, dass das Tier fauchend und kratzend wieder im Körbchen landete. Welches für den Rest des Fluges auch verschlossen blieb.

✈

Tiere haben im Normalfall auf Passagiersitzen nichts verloren.

Als eine Flugbegleiterin am freien Sitz neben einer älteren Dame ein kleines, langhaariges, zusammengerollt schlafendes Kätzchen entdeckte, wollte sie eine Aus-

nahme zulassen. Sie brachte für das Tier eine Schüssel mit Wasser, was einen sehr erstaunten Blick der Dame hervorrief. Die Kommunikation mit ihr gestaltete sich allerdings schwierig, da sie weder Deutsch noch Englisch sprach, und die Flugbegleiterin die slawische Sprache des Gastes nicht beherrschte. Das Kätzchen ruhte während des ganzen Fluges problem- und regungslos auf seinem Sitz. Beim Aussteigen drapierte die Dame dann das »Tier« gekonnt auf ihren Kopf, was einen nicht minder erstaunten Blick bei der Flugbegleiterin hervorrief.

✈

Grundsätzlich und offiziell dürfen wie bereits erwähnt nur Hunde und Katzen in der Kabine transportiert werden. Aber Ausnahmen bestätigen die Regeln.

Auf Flügen in die Arabischen Emirate ist es vorgekommen, dass zahlungskräftige Kunden die ganze First Class für sich reservierten. Zum einen waren die Familienmitglieder meist zahlreich, zum anderen wollte man auch unter sich sein.
Zu der »Familie« eines in der landesüblichen Weise in ein weißes langes Kleid gehüllten Mannes gehörten auch zwei besondere Lebewesen. Es waren zwei wunderschöne Falken, die in je einem Käfig stolz auf je einem First Class Sitz thronten.

✈

Alleine aufgrund der Tatsache, dass sie ja selber fliegen können, haben Vögel an Bord eines Flugzeuges nichts verloren – sollte man meinen. Nun sind Falken sehr wertvolle Tiere und vielleicht wurde seinerzeit auch deshalb eine Ausnahme gemacht. Heutzutage spricht jedoch jedermann über die gefürchtete Vogelgrippe, sobald ein Vogel aus der freien Wildbahn der Zivilisation zu nahe kommt. Manche Passagiere sehen das allerdings nicht so eng.

Beim Boarden eines Fluges nach Bangkok fragte eine Flugbegleiterin bei der Purserette nach, ob Tauben an Bord erlaubt wären. Diese Frage konnte ohne Zögern mit einem eindeutigen »Nein« beantwortet werden. Womit es ein kleines Problem gab. Ein Gast hatte aus seiner Tasche einen Karton mit Löchern im Deckel herausgenommen und wollte diesen unter seinem Sitz verstauen. Über den Inhalt des Kartons befragt, gab er an, es seien vier Tauben. Der Mann musste das Flugzeug mit seinem eigenartigen Handgepäck wieder verlassen. Er kam jedoch kurz darauf wieder an Bord.
Unter der Aufsicht des Bodenpersonals hatten die Tiere in einem Lichtschacht am Flughafen ihre Freiheit wieder zurück gewonnen. Zu welchem Zweck die Tauben

nach Bangkok geflogen werden sollten, blieb ungeklärt. Falls sie als Brieftauben gedacht waren, wird der Gast für seine Urlaubspost einen anderen, unspektakulären Weg finden haben müssen. Sollten die Tiere für einen kulinarischen Zweck vorgesehen gewesen sein, dann sind vier Taubenleben gerettet worden.

✈

Natürlich schauen wir Flugbegleiter beim Einsteigen der Gäste auch ganz bewusst auf deren Handgepäck, doch letztlich wird wohl selten jemand etwas Unerlaubtes sichtbar vor sich hertragen.

Es gab eine Zeit und es gab Destinationen, da wurden zwar Sicherheitskontrollen vor Betreten des Flugzeuges durchgeführt, doch diese waren bei Weitem nicht so genau und effizient wie heute.
Auf einem Flug aus südlichen Gefilden hatte ein Gast einen zugebundenen Jutesack als Handgepäck mitgebracht, nicht zu groß, somit auch nicht auffällig. Er verstaute diesen Sack unter seinem Vordersitz. Dort konnte auch niemand sehen, dass sich der Sack gelegentlich bewegte. Der Inhalt verschaffte sich schließlich einen Weg durch die Jute, und plötzlich krabbelten handtellergroße schwarze Krabben über den Flugzeuggang. Es ist unschwer vorstellbar, welche Reaktionen dies bei den Passagieren und Flugbegleitern auslöste.
Der arme Mann hingegen war nur besorgt um seine Tiere, die er vermutlich ganz besonders frisch in den Kochtopf bringen wollte. Während er sie schnellstens wieder einzusammeln begann, leerten die Flugbegleiter einen der an Bord üblichen Getränkecontainer, um einen Käfig für die Tiere zu haben. Es ließ sich nicht eindeutig feststellen, ob alle Krabben eingefangen waren, oder ob nicht doch vielleicht eine fehlte. Nach der Ladung wurde das gesamte Flugzeug vom technischen Personal gründlich nach der vielleicht fehlenden Krabbe und nach etwaigen Schäden durchsucht.

✈

Je kleiner ein Tier ist, umso besser kann es sich auf einem großen Flugzeug verstecken, vor allem dann, wenn es nicht vermisst und somit auch nicht gesucht wird.

Im vorderen Bereich der Kabine brach nach dem Service Panik aus. Ein kleines, noch nicht näher definiertes Tier huschte über den Gang und durch die Sitzreihen. Sämtliche Fluggäste brachten ihr Handgepäck und ihre Beine in Sicherheit, beglei-

tet wurde diese Aktion durch gelegentliches Kreischen. Ein besonders mutiger Gast beendete das Spektakel, indem er das Tier einfing. Es war ein kleiner Hamster. In einer Ansage über Lautsprecher ersuchte man den Besitzer des Hamsters, sich zu melden, doch das Tier gehörte offenbar niemandem. Der Verdacht lag nahe, dass es nicht erst auf diesem Flug den Weg in die Freiheit gefunden hatte. Ein Kollege aus dem Cockpit, der sich mit seiner Familie als privater Reisender auf dem Flug befand, adoptierte schließlich den Hamster und gab ihm, in Anlehnung an die letzten beiden Buchstaben im Kennzeichen des Flugzeuges – BO – den Namen Bernhard Otto. Bernhard Otto entpuppte sich schon bald als Bernadette Ottilie, gebar einige entzückende Hamsterkinder und durfte viele Jahre bei seiner Adoptivfamilie leben.

✈

Alleine reisende echte Tiere sind in der Kabine nicht vorgesehen. Trotzdem gibt es sie.

Ein Flugbegleiter schob seinen Getränkewagen in die Kabine und stieß auf einen Widerstand, der die Räder blockierte. Nun ist dies keine Seltenheit, da Zeitungen, Spielsachen, Schuhe oder auch Beine gerne im Mittelgang gelagert werden. Der Flugbegleiter wollte das Hindernis entfernen und fand eine kleine Schildkröte. Er trug das Tier fragend durch das Flugzeug, in der Hoffnung, den Besitzer ausfindig zu machen.
Doch niemand vermisste sein Haustier. Es wurde nach der Landung dem Stationspersonal übergeben und hat hoffentlich eine neue Heimat gefunden.

✈

Die Frage: »Warum darf mein Meerschweinchen, mein Wellensittich oder meine Tanzmaus nicht mit an Bord?«, könnte man mit vielen Argumenten beantworten. »Weil Nager Kabel durchbeißen, weil Vögel, einmal ausgekommen, nicht mehr einzufangen sind, …« Die einfachste Antwort ist die: »Weil es so ist!« Punktum! Bei einigen Tieren würden jedoch selbst die hartnäckigsten Tierfreunde keine Fragen mehr stellen.

Ein Passagier wandte sich besorgt an einen Flugbegleiter: »Ich vermisse meine Schlange!« Der Flugbegleiter glaubte vorerst an einen bösen Scherz. Laut Aussage des Gastes handelte es sich bei dem vermissten Tier um eine kleine ungiftige Babyschlange. Die Variante, alle Fluggäste bei der Suche nach einer entschlüpften Schlange um Unterstützung zu bitten, schien nicht sehr sinnvoll. Eine Massenhys-

terie an Bord entspricht nicht der Wunschvorstellung von Flugbegleitern. Das Reptil konnte erst nach der Landung tot aufgefunden werden.

✈

Es gibt auch Tiere, die ohne Hilfestellung eines Passagiers bis zum Flugzeug gelangen – und dann beschließen, dass ihnen vielleicht ein Tapetenwechsel gut täte.

Während der Vorbereitungsarbeiten in der Kabine, bevor die Gäste in Bangkok einsteigen sollten, beharrte ein Crewmitglied darauf, eine Fledermaus im Flugzeug gesehen zu haben. Da diese Tiere in Thailand sehr häufig anzutreffen sind, war der Verdacht nicht abwegig. Folglich wurden die Passagiere informiert, dass sich das Einsteigen noch etwas verzögern würde. Eine Armada von thailändischen Flughafenangestellten begann also, mit Taschenlampen ausgerüstet, das gesamte Flugzeug in jeder Ecke und Ritze nach einer Fledermaus abzusuchen. Die Jagd war letztlich erfolgreich. Unter einem Business Class Sitz fanden sie das gesuchte Tier. Zunächst wurden alle »Fluchtwege« rund um den Sitz mit Polstern versperrt, dann wagte sich ein Mann mit einem Handschuh bewaffnet in die »Fledermaushöhle«. Die arme Maus protestierte mit lautem Geschrei gegen die Vorgangsweise. Was nichts daran änderte, dass sie vom Flugzeug entfernt wurde.

✈

Auch ganz kleine Tiere fragen nicht um Erlaubnis, wenn sie in ein Flugzeug wollen, sie fliegen oder krabbeln einfach ungehindert hinein. Manche lassen sich auch in den Bordmenüs einschmuggeln, und schockieren dann Fluggäste ebenso wie Flugbegleiter.

Auf Flügen nach Indien gibt es eine behördliche Vorschrift, dass das Flugzeug vor der Landung mit einem für Menschen unschädlichen Insektizid ausgesprüht werden muss.
Ich habe mir oft die Frage gestellt, welche Insekten daran gehindert werden sollen, in Indien einzureisen, die es dort nicht ohnedies gibt. Bisher gab es nur eine einzige halbwegs glaubhafte Erklärung für die Vorschrift: Die indischen Insekten wollen nicht in ein ausgesprühtes Flugzeug »einsteigen«, womit zumindest theoretisch die Wahrscheinlichkeit besteht, dass von dort keine Insekten mitgenommen werden. Gegen diese Theorie spricht allerdings die Tatsache, dass die Vorschrift des Aussprühens von den indischen Behörden stammt, welche sicher

keinen gesteigerten Wert darauf legen, alle ihre Insekten im eigenen Land zu behalten.

Auf einem Flug hatte es wieder ein Tier geschafft, sich unbemerkt einzuschmuggeln. Vermutlich waren die Flugbegleiter beim Einsteigen der Gäste unachtsam gewesen und hatten es nicht verhindert. Nach bereits einigen Stunden Flugzeit läutete eine Dame mittels ihres Rufknopfes »Sturm«. Die herbeieilende Flugbegleiterin vermutete ob der Intensität des Läutens einen Notfall. Es handelte sich auch um einen solchen. Die Dame war von einer Fliege belästigt worden. Sie bestand darauf, dass die Flugbegleiterin etwas dagegen unternehme. In der Bordausstattung befindet sich, außer auf Indienflügen, kein Insektizid, auch Fliegenklappen sind nicht vorhanden. In der Zwischenzeit hatte die Fliege sich auch wieder entfernt, um sich, wo auch immer, vielleicht bei einem anderen Passagier, niederzulassen. Dennoch war die Dame nicht zu beruhigen, der Zustand sei unhaltbar und dem Standart einer europäischen Fluglinie nicht würdig. Die Flugbegleiterin betrachtete die Situation mit stoischer Gelassenheit und erklärte: »Diese Fliege ist nicht mein persönliches Eigentum, sie ist mit Ihnen allen eingestiegen und wird vermutlich auch wieder mit Ihnen aussteigen, so es sich nicht um eine Eintagsfliege handelt.«

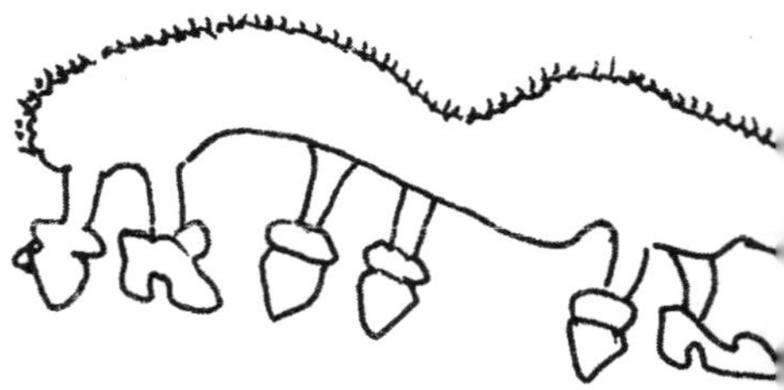

die flugtiere

die flugtiere

Flugtiere sind eine eigene Spezies. Böse Zungen bezeichnen sie auch als Flugdrachen. Sie tragen eine Uniform, sind jung und ungebunden, haben die Maße von Mannequins, sind immer toll frisiert und geschminkt (die weiblichen in jedem Fall, doch manchmal auch die männlichen), tragen dezenten Schmuck und angenehm unauffälliges Parfum. Sie sind immer höflich, gebildet und einfühlsam. Sie können Gedanken lesen, erkennen Wünsche, bevor sie ausgesprochen werden, und machen Unmögliches möglich. Sie werden niemals müde, benötigen keinen Schlaf, und sind über viele Stunden hinweg immer gleich attraktiv. Sie reisen ständig gratis um die Welt, haben das ganze Jahr Urlaub und müssen dafür nur ein wenig freundlich lächeln.
Zur Grundausstattung der Flugtiere gehören ein Zauberstab, um Unveränderliches ändern zu können, eine Kristallkugel, um Unvorhersehbares sehen zu können und eine Tarnkappe, um sich unauffällig zu entfernen, wenn dies gewünscht wird.
Im Idealfall haben Flugtiere mindestens drei Arme, Augen am Hinterkopf, und sprechen jede noch so ausgefallene Sprache dieser Welt.
Im Normalfall sind Flugtiere auch nur Menschen, aber dann entsprechen sie selten den Erwartungen der Reisenden.

✈

Seit der Erfindung der Luftfahrt haben die Flugtiere viele Namen erhalten. In der Urzeit hießen sie Stewardess. Zu dieser Zeit gab es allerdings ausschließlich weibliche Exemplare. Sie mussten bei Erreichen des magischen Alters von 36 Jahren den Dienst quittieren, das gleiche Schicksal ereilte sie auch bei einer Eheschließung. Später mutierten sie zu Air Hostessen – damals war der Beruf Männern noch verwehrt.
Erst in den achtziger Jahren kam männliche Unterstützung, die geschlechtslose Bezeichnung Cabin Attendant oder Flight Attendant wurde eingeführt. Heute

nennen wir uns in Deutsch differenziert Flugbegleiterin und Flugbegleiter. Es ist uns erlaubt zu heiraten und Kinder zu haben.
Die Altersgrenze wurde aufgehoben, wir dürfen bis zum Erreichen des Pensionsalters unseren erlernten Beruf ausüben.

Wir Flugbegleiter schätzen unsere Passagiere sehr. Ohne sie gäbe es unseren Beruf nicht! Wir lassen ihnen auch jeden nur möglichen Respekt zukommen. Ein Mindestmaß an Respekt erwarten allerdings auch wir.

Schon beim Einsteigen scheidet sich bei unseren Gästen die Spreu vom Weizen. Flugbegleiter beherrschen Grußformeln in vielen verschiedenen Sprachen und orientieren sich dabei an der Destination, dem Aussehen der Gäste oder an den Zeitungen in ihren Händen, um sie möglichst in ihrer Muttersprache zu begrüßen: »Grüß Gott«, »Grüezi«, »Good morning«, »Bon jour«, »Buon giorno«, »Buenas dias«, »Goedendag«, »Hej«, »Dobar dan«, »Sdrastwujtje«, »Konnichiwa«, »Ni hao«, »Namaste«, »Sawastee ka«. Wir sind ja flexibel! Es gibt viele Passagiere, die einen freundlichen Gruß ebenso freundlich erwidern, und es gibt solche, die das vermutlich aus Prinzip nicht tun oder verständnislos fragen: »What did you say?«

Manche Gäste beweisen auch Fantasie bei der Wahl ihrer Grußformeln an uns Flugbegleiter.

Ein Passagier aus unserem deutschen Nachbarland verabschiedete sich von den Flugbegleitern mit »Tsch-tsch!!!«
Es drängte sich der Vergleich mit der Eisenbahn auf! Vielleicht sollte es aber auch nur eine ganz individuelle Variante des sonst üblichen »Tschüss« sein.

Nun sei es jedem Menschen freigestellt, es so zu halten, wie er es will. Manche Gäste erwecken allerdings den Eindruck, als seien sie der Überzeugung, sie hätten mit ihrem Ticket die Besatzung mitgekauft. Überraschend sorg- und respektlos gehen sie dann mit ihrem Eigentum um. Flugbegleiter werden wortlos an der Tür nieder gerannt, der Rucksack oder die Tasche wird ihnen in die Rippen gestoßen.

Ein junger Mann war beim Einsteigen so in das Gespräch mit seinem Geschäftspartner vertieft, dass er es gar nicht merkte, als er auf den Füßen einer Flugbegleiterin stand. Ein bittendes: »Verzeihen Sie!« veranlasste ihn, einen Schritt nach vorne und zwei weitere nach hinten, wieder auf die Füße der Flugbegleiterin zu tun. Die

Flugbegleiterin meldete sich nochmals: »Würde es Ihnen etwas ausmachen, mich leben zu lassen?«, was mit einem wortlosen Kopfschütteln beantwortet wurde. Es ist immerhin anzunehmen, dass dieses Kopfschütteln bedeutet haben könnte: »Nein, es würde mir nichts ausmachen!«

✈

Die Entscheidung, wie ein Flugbegleiter angesprochen werden soll, treffen die meisten Gäste aus dem Bauch heraus. Am häufigsten sind: »Stewardess«, »Fräulein«, »Miss« und »Ma`am«. In manchen Ländern ist es auch durchaus üblich und nicht respektlos, den Vornamen, der ja deutlich auf den Uniformschildern steht, zu verwenden. Weniger attraktiv ist: »Gsgs«, »He Sie«, »He du« oder »Hallo«.

Ganz unbeliebt können sich unsere Gäste aber mit Bestimmtheit machen, wenn sie uns wortlos zupfen – am Rock, am Ärmel, an der Schürze. Das stellt eine Verletzung der persönlichen Aura dar, die ohne Einverständnis der Betroffenen nicht angebracht ist. Auch Schnalzen mit der Zunge oder Schnippen mit den Fingern sind Kommunikationsvarianten, die uns nur ein sehr gequältes Lächeln entlocken.

Ein Passagier mit besonders viel Humor und Mut meinte, mit einem Klaps auf das Hinterteil einer Flugbegleiterin eine geeignete Form der Ansprache gefunden zu haben. Er war dann auch nicht allzu verwundert, als er reflexartig eine schallende Ohrfeige bekam.

✈

Flugbegleiter sind es gewöhnt, sich für alles zu entschuldigen, auch wenn das Geschehen von ihnen selbst oder der eigenen Fluglinie nicht beeinflusst werden kann. Wir entschuldigen uns für schlechtes Wetter, für den Stau zum Flughafen, für erlittene Unbill bei der Sicherheitskontrolle und dafür, dass ein Gast vergessen hat, sein Spezialessen zu bestellen.

Als eine Flugbegleiterin in die Küche kam und einen Passagier ertappte, der eben in den von ihr mitgebrachten und neben ihrer Handtasche deponierten Apfel biss, meinte sie nur: »Entschuldigen Sie, das ist mein Apfel, den Sie da essen! Aber vielleicht können Sie auch irgendetwas anderes aus meiner Handtasche brauchen?«

✈

Flugbegleiter entschuldigen sich auch für das Verhalten anderer Passagiere, dafür, dass der Nebenmann kein Deo benützt, der Vordermann so groß ist, dass der Blick zum Filmmonitor eingeschränkt ist, und dafür, dass das Kind dahinter zappelt.
Meist werden wir als Vermittler gesucht, bevor Passagiere miteinander sprechen und ihre Meinungsverschiedenheiten untereinander klären.

Eine Dame ersuchte eine Flugbegleiterin um Hilfe. Der Gast im Gangsitz wollte sie nicht mehr zu ihrem Platz in der Mitte lassen. Auf die Frage, warum er die Dame nicht vorbeilassen wolle, erklärte der Mann: »Die hat meine Schokolade aufgegessen, während ich schlief!« Als Beweisstück holte er ein leeres Stück Papier einer Finessa-Erdbeer-Joghurt-Schokolade aus seiner Jackentasche. Die Dame verwehrte sich gegen den Vorwurf. Als Ersatz wurde dem Mann Lindt-Schokolade ohne Erbeer-Joghurt-Geschmack aus der Business Class gebracht, womit der Friede wieder hergestellt war.

✈

Manchmal suchen unsere Gäste auch keinen Flugbegleiter, und klären ihre Konflikte ohne miteinander zu sprechen.

Ein Gast fühlte sich durch den vor ihm sitzenden Mann belästigt. Dieser war einige Male beim Zurücklehnen an seiner Sitzlehne angestoßen, was zur Folge hatte, dass das Wasser aus dem Becher auf den Tisch dahinter auf die Hose des dort sitzenden Gastes verschüttet wurde. Kommentarlos nahm der verärgerte Passagier seinen Becher mit dem Rest des Wassers und goss es dem Kontrahenten vor sich über den Kopf. Flugbegleiter konnten die beiden trennen und dem gebadeten Gast einen anderen Sitz anbieten. Eine Entschuldigung folgte auf dem Fuß – nicht vom Aggressor, sondern von den Flugbegleitern.

✈

Flugbegleiter ordnen Passagieren nie etwas an, sie bitten darum. Wir ersuchen unsere Passagiere, sich anzuschnallen und sitzen zu bleiben, wir bitten um Aufmerksamkeit, um Einhaltung der Sicherheitsvorschriften und um leere Becher.
Sollten die Gäste unseren freundlichen Bitten nachkommen, bedanken wir uns auch gerne. Wir bedanken uns für eine leere Bierdose, die uns gereicht wird, für die Kaffeetasse, die wir einschenken, ja selbst für die schmutzige Serviette, die man uns in die Hand drückt.

Es gibt natürlich auch immer wieder Gäste, die sich bei uns bedanken. Manchen erscheint das allerdings total abwegig.

Ein junger Mann verabschiedete sich freundlich von einer Flugbegleiterin: »Auf Wiedersehen, und vielen Dank.« Sein Freund fragte ganz erstaunt: »Wofür bedankst du dich?« – »Für die nette Betreuung!«, war die Antwort. »Dafür brauchst du dich doch nicht zu bedanken, das ist doch deren Pflicht!«, meinte der Gast und verließ grußlos das Flugzeug.

✈

Flugbegleiter haben Humor und sind meistens freundlich.
Wir übersetzen gedanklich auch die Anliegen unserer Gäste in eine freundliche und höfliche Form.

Ein Gast läutete nach einem Flugbegleiter: »Bringen Sie mir ein Bier!« »Wenn Sie mich so charmant darum bitten, kann ich gar nicht widerstehen«, erwiderte dieser und servierte das Gewünschte.

Ein anderer Gast aus der Wiener Vorstadt verkürzte den Wunsch nach seinem Ottakringer Bier überhaupt auf: »Heast Blondie, reib umma a sechzehna Blech!« Die Dose wurde wortlos gereicht.
(Anmerkung: Ottakring ist der 16. Wiener Gemeindebezirk)

✈

Das Berufsverständnis, das wir Flugbegleiter von uns haben, deckt sich nicht immer mit der Ansicht unserer Gäste. Während für uns der Betreuungsaspekt im Vordergrund steht, sehen manche Passagiere die Bedienung als unsere Hauptaufgabe.
Das mag an Haarspalterei grenzen, aber jetzt ganz ehrlich, möchten Sie lieber mit einer »Betreuerin« oder mit einer »Bedienerin« ihren Flug verbringen? Manche Passagiere machen sich jedoch ernsthaft Gedanken über unser Berufsbild.

Ein Gast fragte eine Flugbegleiterin: »Are you a hostess or just a waitress?" »It depends, Sir, whether you are a gentleman or just a passenger!"

✈

Wir Flugbegleiter verstehen uns als Gastgeber an Bord.
Wie bemühen uns, zuvorkommend und höflich zu sein, unsere Persönlichkeit einzubringen, den »Wohlfühlfaktor« zu vermitteln. Ein paar nette Worte da, eine aufmerksame Geste dort. Nicht die Masse zählt, sondern der Einzelne. Das ist nicht immer ganz einfach, denn: »Jedem Menschen recht getan, ist eine Kunst, die niemand kann!«

Um den Aspekt der Gastgeberrolle zu verstärken, sprechen wir von unseren Passagieren gerne als »Gäste«. Das empfinden wir auch so.
Doch selbst hier lauert die verbale Falle.
Ein »Gast« meldete Beschwerde an, weil er als solcher in einer der Bordansagen kollektiv bezeichnet worden war. Er sei kein »Gast«, er sei »Kunde«. Als »Gast« müsste er eingeladen worden sein und somit sein Ticket gratis bekommen haben. Er habe allerdings für sein Ticket bezahlt, somit sei er »Kunde« und wünsche auch als solcher angesprochen zu werden.
Irgendwie hatte er nicht Unrecht. »Des Kunden Wille ist sein Himmelreich«!, also sind wir für diesen Passagier doch nicht Gastgeber, sondern Kundenbetreuer – eigentlich schade für ihn!

✈

Nicht alle Gäste sind in der Beurteilung der richtigen Wortwahl so akribisch und auch wir Flugbegleiter legen nicht jedes Wort in die Waagschale.

Ein älterer Herr meinte zu einer Flugbegleiterin, die das Teenageralter schon seit einiger Zeit hinter sich gelassen hatte: »Sie sind ja auch noch vom alten Schlag! Erinnern Sie sich, früher war alles viel eleganter im Flugzeug!« »Das ist allerdings wahr! Früher haben die Herren beim Einsteigen zur Begrüßung höflich ihren Hut gelüftet. Aber wer trägt denn heute schon noch Hut?« war ihre Antwort.

✈

Manchmal kennt jedoch auch unsere Toleranz bezüglich sprachlicher Interpretationen Grenzen.
Verbale Angriffe von Gästen auf Flugbegleiter finden selten, aber doch statt. Meistens macht sich zuerst Sprachlosigkeit breit, wenn ein Passagier ausfällig wird.
Es ist für uns undenkbar, einem Gast die gleichen Worte entgegenzuschleudern, mit denen wir mitunter belohnt werden.

Einem Gast behagte der Sitzplatz nicht, den er am Check-in zugeteilt bekommen hatte. Er forderte eine Flugbegleiterin auf, eine ganze Sitzreihe für ihn zu blockieren. Da der Flug gut gebucht war, konnte sie den Wunsch leider nicht erfüllen. Der Mann quittierte die bedauernden Worte der Flugbegleiterin mit: »Sie sind eine blöde Kuh!« – »Und Sie sind ein Gentleman, aber es könnte auch sein, dass wir uns beide irren!«

✈

Aber es gibt auch Steigerungsstufen der Sprachentgleisung.

Ein Fluggast, der von einer Flugbegleiterin nach dem achten Glas Whisky darauf aufmerksam gemacht wurde, dass es für ihn nun keinen Alkohol mehr gäbe, wurde zunächst laut, dann sogar handgreiflich. Erst der Hinweis darauf, dass ihn bei weiteren verbalen oder körperlichen Angriffen nach der Ankunft die Polizei abholenwürde, beruhigte die Situation. Der Gast verschlief den Rest des Fluges, nachdem er auf der Toilette unbemerkt seine Brieftasche verloren hatte. Sie wurde ihm vor der Landung von einer Flugbegleiterin unbedankt zurückgegeben. Beim Aussteigen beantwortete er das freundliche »Auf Wiedersehen« mit einem: »Sie möchte ich nicht wieder sehen, Sie sind ein Arschloch.« Dem Einwand der Flugbegleiterin: »Mein Herr, Sie waren seit langem der unangenehmste Gast, den ich betreuen durfte! Ich sage trotzdem auf Wiedersehen!«, folgte ein gebrülltes: »Ihr seid alle Arschlöcher!« Das Funkeln in den Augen der Flugbegleiterin muss es wohl gewesen sein, das die nachkommenden Gäste veranlasste, den unhöflichen Zeitgenossen aus dem Flugzeug hinauszudrängen.
Es ist anzunehmen, dass das »Auf Wiedersehen« der Flugbegleiterin in diesem Fall kein ernst gemeinter Wunsch war.

✈

Auch weibliche Gäste sind in der Lage, über sich selbst hinauszuwachsen.

Eine Dame, oder vielleicht war sie auch nicht wirklich eine, war mit der Betreuung ihrer Kinder schlicht überfordert. Als sich bereits einige Gäste über das Verhalten der Kinder beschwerten, wurde die Mutter gebeten, sich um sie zu kümmern. Die Dame war jedoch der Meinung, dass das nicht ihre Aufgabe, sondern die der Flugbegleiter sei. Die Bemühungen derselben, die nicht vorhandene Erziehung als »Nannys« auszugleichen, erschienen der Mutter dennoch nicht ausreichend. Sie verabschiedete sich beim Aussteigen von einer Flugbegleiterin mit den Worten: »Fuck you!« Die

Flugbegleiterin lächelte freundlich und antwortete: »Oh thank you Madame, exactly the same to you!«

Manchmal überraschen uns unsere Gäste allerdings auch mit ihrem Humor.

Ein deutscher Passagier erwiderte die in Österreich durchaus übliche Grußformel »Grüß Gott« mit dem frommen Wunsch: »Na so hoch werden wir doch heute hoffentlich nicht fliegen!«

Ein anderer Gast fand im Zeitungsangebot sein bevorzugtes Printmedium nicht und fragte nach, ob es denn keine »Sabunari« an Bord gäbe. Die Flugbegleiterin verneinte, auf Europaflügen würden keine japanischen Zeitungen mitgeführt. Es stellte sich heraus, dass der Passagier die ***Sa****lz****bu****rger* ***Na****ch****ri****chten lesen wollte.*

Eine Dame fragte, ob es an Bord denn keine »Wusch« gäbe. Es ist nur der Fantasie einer Flugbegleiterin zu verdanken, dass sie der Dame mitteilten konnte, leider keine Vogue an Bord zu haben.

Viel Fantasie ist auch gefragt, wenn »Tschappi« als Orangensaft, »Tschiwentschi« als Parfum von Givengy, »Burbon« als Whisky, »Rehbein« als Sonnenbrille und das vielgepriesene »Tschennel five« als Parfum von Marilyn Monroe identifiziert werden sollen. Selbst unser nationales Heiligtum Wolfgang Amadeus Mozart ist vor sprachlichen Verunglimpfungen nicht sicher. Er würde sich wohl schmerzverzehrt im Grabe umdrehen, wenn er wüsste, dass die leckeren Mozartkugeln an Bord zu »Mozart balls« werden.

Humor und Fantasie gehören zu den Grundwerkzeugen der Kommunikation eines Flugbegleiters.

In der Business Class gab es beim Abendessen die Auswahl zwischen köstlichen Rehmedaillons mit Kartoffelkroketten und Hühnerragout mit Reis. Die Menükarten für die Gäste waren in zwei Sprachen, nämlich Deutsch und Englisch verfasst.
Ein Gast konnte weder in der einen noch in der anderen Sprache verstehen, was mit »Reh« oder »Venison« gemeint war. Die Flugbegleiterin versuchte es mit einem Synonym: »Do you know Bambi?« Als dies verneint wurde, holte die Flugbegleiterin

aus der Kinderspielzeuglade ein Malbuch, fand dort eine Zeichnung der Disneyfigur und zeigte sie dem Mann. »This is Bambi«, erklärte sie, und auf das Menü weisend: »And this is mother of Bambi!« Ob es aus Mitleid geschah oder der Gast grundsätzlich kein Wild mochte, blieb unklar – er entschied sich für das Hühnerragout.

✈

Mitunter haben Menschen aber auch zu Begriffen verschiedene Assoziationen.

So konnte es zum Beispiel vorkommen, dass eine Flugbegleiterin auf die Frage eines männlichen Gastes: »Hätten Sie bitte einen Spiegel für mich?« antwortete: »Nein, ich habe leider keinen bei mir, aber in der Toilette ist einer angebracht«, ohne auch nur einen Gedanken daran zu verschwenden, dass der Gast den »Spiegel« gerne gelesen hätte.

Auch die Frage: »Haben Sie ein Cloé an Bord?« wurde missverständlich beantwortet mit: »Ja, ganz hinten in der Kabine befinden sich die Toiletten« Das gewünschte Parfum befand sich dann leider auch nicht im Bordverkaufsangebot.

✈

Ganz selten nützen Flugbegleiter Zweideutigkeiten aus.

Als einer amerikanischen Dame auf einem Kurzstreckenflug das Tablett gereicht wurde, auf welchem ihr offenbar das angebotene Menü nicht zusagte, fragte sie bei der Flugbegleiterin nach: »Is there any choice honey?« Die Antwort kam prompt: »Of course Madame, there is the choice to eat or not to eat! «

✈

Auch Passagiere sind manchmal bewusst zweideutig.

Ein besonders humorvoller Gast wurde von einer vollbusigen Flugbegleiterin nach seinem Getränkewunsch gefragt. Die Antwort: »Wenn ich Sie so ansehe, bekomme ich Lust auf ein Glas Milch«, trug wenig zur Erheiterung bei.

Selbst die von einem Flugbegleiter gestellte durchaus übliche Frage: »Haben Sie noch einen Wunsch?« wird sehr gerne beantwortet mit: »Ja schon, aber ich getraue mich nicht ihn auszusprechen!« oder »Ja, aber den werden Sie mir nicht erfüllen wollen!«

Ich bin mir bei vielen Flugbegleitern, die ich seit Jahren nicht mehr gesehen habe, nicht sicher, ob sie aufgehört haben zu fliegen oder ob sie sich über solche Antworten schlicht totgelacht haben.

✈

Manchmal kommt es vor, dass ein Akzent oder eine leicht verschobene Grammatik zu Missverständnissen führt.

Ein Gast, dessen Muttersprache zweifelsfrei nicht Deutsch war, fragte eine Flugbegleiterin: »Haben Sie plastische Tite?«
Die junge Dame griff sich mit entsetztem Blick auf ihren Busen und erklärte: »Nein, das kann ich mir auch gar nicht leisten!« Die Frage war jedoch weniger indiskret als vermutet. Der Mann wollte eine Plastiktüte, ein »Sackerl«, wie wir in Österreich zu sagen pflegen. Dieses wurde ihm dann auch gerne gebracht.

✈

Viele Situationen wiederholen sich auf jedem Flug, und wir Flugbegleiter wären fast enttäuscht, wenn sie einmal nicht passierten.

Nicht wenige Gäste greifen mit beiden Händen zu, wenn ihnen ein großer Korb mit frischem Gebäck entgegengehalten wird, da sie ja mit einer Hand den Korb nicht nehmen können. Die Erklärung der Flugbegleiter: »Den Korb behalte ich, aber Sie können gerne auch mehrere Stücke Gebäck nehmen!«, wird allerdings akzeptiert.

Es ist ein Phänomen, dass neun von zehn Gästen angesichts eines Tabletts mit Wasser, Orangensaft und Apfelsaft, die Frage stellen: »Was ist das?« Wenn der Flugbegleiter dann erklärt, dass es sich um Getränke handle und man zugreifen solle, nehmen wieder neun von zehn Gästen einen Becher und füllen den freigewordenen Platz mit Müll. Worauf der Flugbegleiter theoretisch beim nächsten Gast die Frage: »Was ist das?« beantworten kann: «Das sind Getränke und Müll, greifen Sie bitte zu!«

✈

Auch beim Kaffeeservice wiederholt sich eine Situation mit an Sicherheit grenzender Wahrscheinlichkeit auf jedem Flug.

Die Flugbegleiter tragen in der einen Hand eine Kaffeekanne, in der anderen befindet sich ein Tablett mit Zucker, Milch und einem Teller. Dieses Tablett wird dem Gast entgegengehalten, damit er dort seine Tasse zum Einschenken abstellen kann, begleitet von der Frage: »Darf ich Ihnen Kaffee anbieten, may I offer you coffee?«
Die Tasse wird auf das Tablett platziert: »Ich möchte Tee!«
Nun wäre es in der Tat verwunderlich, wenn plötzlich eine dritte Hand mit der Teekanne aus dem Flugbegleiter wachsen würde. Der Gast wird also gebeten, seine leere Tasse wieder vom Tablett zu nehmen, der Tee würde dann danach angeboten.

Eine Flugbegleiterin versuchte die Situation anders zu lösen. Nachdem die Tasse mit dem Wunsch nach Tee auf ihrem Tablett abgestellt worden war, hypnotisierte sie ihre Kaffeekanne: »Hokuspokus, one two three, may this coffee now be tea!« Ausgesprochen und eingeschenkt! Der Gast nahm seine Tasse wieder vom Tablett, roch daran, mit Bedauern ließ die Flugbegleiterin verlauten: »Sorry, didn't work!«

✈

Selbst wenn es oft sehr hilfreich wäre, anders zu sein, haben Flugbegleiter nur zwei Arme, zwei Beine und damit einen beschränkten Aktionsradius. Wenn Fluggäste uns ein fünftes Tablett entgegenreichen, dazu noch zwei Gläser zum Abservieren anbieten und eine zerknautschte Serviette unter den Arm klemmen wollen, müssen wir manchmal passen und um Geduld bitten. Ein forscher Flugbegleiter formulierte die Situation seines momentanen Ausgelastetseins: »Wenn Sie mir jetzt noch einen Besen zwischen die Beine klemmen, kehre ich die Kabine auf!« Das Bild des Tablett jonglierenden und gleichzeitig den Kabinengang fegenden Flugbegleiters lässt mich seither nicht mehr los.

✈

Gerade auf Kurzstreckenflügen ist Zeit nicht der Freund der Flugbegleiter. Während das Flugzeug noch im Steigflug ist, muss bereits mit dem Service begonnen werden, damit es im Sinkflug auch nur annähernd beendet sein kann. Die Gäste können uns oft kaum wahrnehmen, da wir im Laufschritt durch die Kabine eilen, um alle Wünsche zu erfüllen.

Einem Gast gelang es dennoch nicht, auf einem Vierzigminutenflug gemütlich zu frühstücken. Als die Flugbegleiterin ihn bat, das Tablett wieder wegnehmen zu dürfen, um das Flugzeug für die Landung vorzubereiten, brachte er seinen Unmut lautstark zum Ausdruck. Die Entschuldigung, dass die Zeit eben beschränkt sei, ließ er nicht gelten: »Ich habe meinen Kaffee erst kurz vor der Landung bekommen!« Die Flugbegleiterin ließ sich nicht aus der Fassung bringen: »Mein Herr es tut mir sehr leid, aber auf diesem Flug ist auch der Start kurz vor der Landung!«

Ein anderer Gast, der die dritte Tasse Kaffee leider nicht mehr bekommen konnte, weil die Landung bevorstand, erwiderte das freundliche »Auf Wiedersehen« der abgehetzten Flugbegleiterin beim Aussteigen mit: »Thank you for the coffee you didn't bring me!«

✈

Die Flugzeit auf Kurzstreckenflügen beträgt oft weniger als eine Stunde. Die gleiche Zeit benötigt man auch, um mit der Straßenbahn von einem Stadtteil in einen anderen zu gelangen. Auf dieser kurzen Fahrt wird nicht erwartet, dass jeder Fahrgast zwei bis drei Zeitungen seiner Wahl erhält, niemand verlangt nach Kaffee, Kamillentee, einem Gin Tonic oder einem Imbiss. Es wird auch kein Aspirin benötigt, kein Briefpapier, keine Erfrischungstücher und keine Kinderbetreuung. Dennoch steigen alle Fahrgäste zufrieden aus, weil sie sicher von A nach B gebracht wurden.
Nun mag man argumentieren, der Preis mache den Unterschied. Tatsächlich kostet ein Straßenbahnfahrschein nur 1,70 Euro, wobei in einer Stunde kaum mehr als 15 Kilometer zurückgelegt werden. Die Strecke von Wien nach Frankfurt beträgt mehr als 600 Kilometer, also vierzigmal so viel.
Da letztlich der Zeitfaktor entscheidend ist für die Wahl des Flugzeuges, darf auch dies in meine Kalkulation einfließen, sonst wäre die Schiene ja eine gleichwertige Alternative. Ein Flugzeug ist ungefähr fünfmal so schnell wie die Bahn. 1,70 Euro mal 40 (Kilometer) mal fünf (Geschwindigkeit) ergibt 340 Euro pro Strecke, somit 680 Euro hin und zurück. Da dieser Preis nur von den wenigsten Gästen in Economy Class von Wien nach Frankfurt und zurück bezahlt wird, ist die Flugreise so betrachtet sogar preisgünstiger als jede Straßenbahnfahrt.

✈

Flugtiere sind attraktiv, sie nehmen nicht zu und sie altern nicht. Leider gibt es auch Ausnahmen.

Eine Flugbegleiterin hatte im Laufe der Jahre etwas weiblichere Formen angenommen (Schönheit liegt ja nur im Auge des Betrachters). Sie hatte beim Durchschreiten des Flugzeugganges das Problem, immer wieder die quer zum Gang gestellten Beine eines Gastes möglichst elegant nicht zu berühren. Diese Aufgabe ist vor allem dann eine völlig neue sportliche Disziplin, wenn man zusätzlich ein Tablett mit Getränken jongliert. Der Gast bemerkte es wohl, nahm es aber nicht zur Kenntnis, oder zumindest wollte er den Zustand seinerseits nicht verändern. Als die Flugbegleiterin wieder, diesmal ohne hinderliches Tablett in den Händen, die Barriere überwinden sollte, stemmte sie beide Arme in die Hüften: »Schauen Sie mich an, schau ich aus wie ein Gazellerl?«

✈

Die meisten Passagiere sind sich einig, dass ein Langstreckenflug eine anstrengende Angelegenheit ist. Vor allem weibliche Fluggäste bemerken mit Anerkennung, dass wir Flugbegleiter dennoch bemüht sind, uns dies optisch nicht anmerken zu lassen.

Eine Dame fragte eine Flugbegleiterin beim Frühstückservice: »Wie machen Sie das, dass Sie immer noch so frisch aussehen?« Die Antwort war erfrischend einfach: »Um die Wahrheit zu sagen, ich raste zwischendurch im Kühlschrank!« Was insofern tatsächlich eines gewissen Wahrheitsgehaltes nicht entbehrt, als die Temperatur in den Flugzeugküchen im Gegensatz zur Passagierkabine oft dem Vergleich mit einem Iglu standhält.

✈

Flugbegleiter sind im Idealfall bedürfnislos.
Vereinzelt kann es allerdings trotzdem vorkommen, dass sie Hunger oder Durst verspüren. Die Nahrungsaufnahme erfolgt meist stehend, hastig und wird häufig unterbrochen, um Fluggästen dienlich zu sein. Vor allem auf Kurzstreckenrotationen ist dafür auch keine Zeit vorgesehen, da die aufeinander folgenden Flüge Schlag auf Schlag stattfinden.
Nun wird es keinen Gast wirklich interessieren, ob ein Flugbegleiter hungrig ist. Manche haben aber tatsächlich Mitleid.

Als eine Flugbegleiterin beim Absammeln der Tabletts im Landeanflug bittend fragen wollte: »Darf ich das schon abservieren?« spielte ihr das Unterbewusstsein einen bösen Streich. Sie formulierte stattdessen ihr Ansinnen: »Darf ich das schon aufes-

sen?« Der Passagier meinte mitfühlend: »Wenn ich gewusst hätte, dass Sie hungrig sind, hätte ich mehr übrig gelassen!«

✈

Natürlich erwarten wir Flugbegleiter von unseren Gästen nicht, dass sie sich Gedanken über unsere Arbeitszeiten machen. Natürlich wäre es rein theoretisch möglich, auch über mehrere Tage hinweg ohne Unterbrechung zu arbeiten.
Aber wie bereits erwähnt, das wäre der Idealfall.

Auf Flügen von Europa in die Vereinigten Staaten kommt wie das Amen im Gebet immer wieder die Frage: »Und, fliegen Sie jetzt gleich wieder zurück?« Diese Frage erweckt bei uns Erstaunen. Letztlich sind sich alle Gäste einig, dass ein Langstreckenflug ziemlich anstrengend ist – als Passagier, versteht sich – lesend, Filme schauend, essend und schlafend.

Ein Flugbegleiter quittierte diese Frage mit einem strahlenden Lächeln – nach bereits zwölf Stunden Dienst: »Selbstverständlich fliegen wir jetzt gleich wieder zurück, dann wieder hierher und zurück, hierher und zurück. Das tun wir so lange, bis wir tot umfallen. Und dann wird eine neue Crew geholt« Vielleicht denkt der Passagier noch heute darüber nach, ob das ernst gemeint war.

✈

Flugbegleiter können blond, brünett, rot- oder schwarzhaarig sein. Ein Zusammenhang der Haarfarbe mit dem Intelligenzquotienten ist unbewiesen und eine Herleitung desselben somit unzulässig.

Trotzdem kommt es vor, dass Gäste sich die Freiheit nehmen, vor allem blonde Flugbegleiter zu diskriminieren. Wenn es einem Flugbegleiter nicht gelingt, drei Stunden vor der Landung eine Auskunft über einen Anschlussflug zu geben, weil er seine Kristallkugel nicht zur Hand hat, dann muss er sich wohl den Vorwurf gefallen lassen, dass die Haarfarbe daran schuld ist.
Humor hat jedoch, wer über sich selbst lacht.

Nach der Landung eines Fluges mit vorwiegend deutsch sprechenden Geschäftsleuten rollte das Flugzeug zu einer Parkposition mit einem Fingergate (Passagierbrücke). Die Flugbegleiterin bat die Gäste über Lautsprecher, den vorderen Ausgang zu benützen. Kurz danach stellte sich heraus, dass dieses Gate ein technisches Problem hatte, es konnte nicht zur Flugzeugtüre geführt werden, ein Bus sollte die Passagiere bei der hinteren Stiege abholen. Es erfolgte eine entsprechende Ansage. Als bereits alle Gäste sich mit Unmut in die andere Richtung bewegten, funktionierte das Fingergate plötzlich wieder. Ahnend, was sie an Kommentaren zu erwarten hatte, sagte die Flugbegleiterin durch: »Meine Damen und Herren, ich bin blond, und ausgestiegen wird vorne!« Nur wenige der blonden germanischen Gäste konnten allerdings lachen.

✈

Echte Blackouts können natürlich auch »nichtblonde« Flugbegleiter haben.

Nach dem Start eines Fluges an einem Silvesterabend aus Assuan vernahmen die Flugbegleiter zuerst einen Knall und danach ein schabendes Geräusch aus einem der Triebwerke. Die Piloten entschieden aus technischen Gründen sofort wieder zu landen. Diese ungewöhnliche Situation erzeugte bei einer sehr jungen brünetten Flugbegleiterin Unsicherheit. Sie überlegte nervös, wo sich ihre Schwimmweste befinde und wurde von einer Kollegin beruhigt: »Schätzchen, wir sind über einer Wüste!« Der darauf folgende Einwand war einleuchtend: »Was ist, wenn wir in einer Oase notlanden müssen?«
Das Flugzeug wurde von den Piloten problemlos auf der Piste gelandet und erst im folgenden Jahr nach Hause gebracht. Die Passagiere und die Crew durften mit einer Ersatzmaschine weiterfliegen.

✈

Flugbegleiter werden selten krank.
Weder der gefürchtete Jetlag, noch Nachtflüge oder 50 Grad Celsius Temperaturunterschied können uns etwas anhaben.
Selbst der Kontakt mit einer Unzahl von Bakterien und Viren stärkt das Immunsystem offenbar derart, dass die körpereigenen Abwehrkräfte wie eine bis zu den Zähnen bewaffnete Armee in ständiger Bereitschaft stehen.
Vielleicht ließen sich aus Blutspenden von Flugbegleitern sehr wirksame Impfstoffe gegen eine Reihe von Krankheiten herstellen.
Es macht uns ebenso wenig aus, angehustet und angeniest zu werden, wie die eben verwendeten Taschentücher oder gebrauchten Windeln, die uns überreicht werden, zu entsorgen. Selbst die vor dem Service verteilten feuchten Tücher, die eigentlich zum Händewaschen gedacht sind, aber auch sehr gerne für anderen Körperteile wie Nasen, Ohren, Achselhöhlen und anderes verwendet werden,

werden von uns, ohne mit der frisch getuschten Wimper zu zucken, mit einem strahlenden »Danke schön« wieder eingesammelt.

Vor allem männliche Gäste haben die Angewohnheit, bei der Auswahl ihres Tageszeitungssortiments die Bordkarte in den Mund zu stecken, weil sie in der zweiten Hand das Gepäck tragen und somit keine Hand mehr frei ist. Damen tun dies eher selten, vermutlich hält sie ihr Lippenstift davon ab.
Sobald die Zeitungen ausgewählt sind, werden diese unter den Arm geklemmt und die frei gewordene Hand kann die Bordkarte mit der Seite, die gerade noch im Mund steckte, einem Flugbegleiter reichen, damit dieser sie in die Hand nimmt und die Sitznummer vorliest. Manche sehr pedantische Flugbegleiter (zu denen auch ich gehöre) tragen aus diesem Grund beim Begrüßen der Gäste zur Uniform passende Handschuhe.

✈

Flugbegleiter sind sehr umsichtig.
Trotzdem führen Hektik, Turbulenzen und der beschränkte Raum in den Flugzeugküchen zu zahlreichen »Selbstverstümmelungen«. Blaue Flecken und bis ins Nagelbett eingerissene Fingernägel gehören genauso zur Alltagsroutine wie Verbrennungen durch die Heißluftöfen oder kochendes Wasser und Kaffee (obwohl der Siedepunkt in Reiseflughöhe niedriger ist als am Boden), sowie Quetschwunden, die durch klemmende Türen der Kücheneinheiten verursacht werden. Zum Glück sind die Verletzungen meist nicht dramatisch und hindern uns vor allem nicht am Weiterarbeiten.
Ganz ganz selten sind wir Flugbegleiter allerdings auch auf Hilfe von Passagieren angewiesen.

Eine Flugbegleiterin wollte sich gegen ihre trockenen Augen mit entsprechenden Augentropfen helfen. Sie verwechselte in der Eile zwei Fläschchen in ihrer Handtasche und benetzte ein Auge mit dem Kleber für ihre Fingernägel. Als sie den Irrtum bemerkte, brach Panik aus. Eine Kollegin spülte das Auge mit Kontaktlinsenflüssigkeit. Ein Arzt konnte die Flugbegleiterin beruhigen, zumindest war das Auge nicht zugeklebt. Ob die Hornhaut Schaden genommen hatte, ließe sich nur in einer Augenklinik feststellen. Das Auge und die Flugbegleiterin wurden für den Rest des Fluges ruhig gestellt. In der Klinik wurde später kein bleibender Schaden diagnostiziert.

✈

Flugbegleiter sind sehr kommunikativ.
Wir unterhalten uns gerne miteinander und mit unseren Gästen, auch wenn wir diese oft als »Gesamtheit« ansprechen.

Bordansagen finden vor dem Flug, während des Fluges und nach dem Flug in zwei oder auch mehr Sprachen statt. Sie sind meist unendlich lang, aber unerlässlich, auch wenn sie von vielen Gästen als Belästigung empfunden werden. Es wird darin auf Sicherheitsvorschriften hingewiesen, der Serviceablauf wird angekündigt, neue Flüge werden beworben und vieles mehr. Die meisten Ansagen sind in einem kleinen Buch ausformuliert, sodass die Flugbegleiter sie nur ablesen müssen. Dies führt oft zu einem Singsang, der es den Gästen nicht einfach macht, zuzuhören. Viele Flugbegleiter haben die Bordansagen auch im Kopf oder formulieren sie mit ihren eigenen Worten.

So kann es vorkommen, dass ein Flugbegleiter während seiner Routineansagen gedanklich abdriftet und Gäste auf einem Flug nach Abu Dhabi und Dubai abgekürzt nach »Abu Dubai« begrüßt, sie nach einer Landung »in London« willkommen heißt, obwohl der Flug von ebendort weggegangen ist oder einen in Deutsch begonnen Satz in Englisch zu Ende führt.

*Auf einem Flug mit Zwischenlandung wollte der Purser die aussteigenden Gäste verabschieden. Aus einem »Good bye to all **leaving** passengers« wurde gedankenverloren ein »Good bye to all **living** passengers«, was einen Gast zu der Frage veranlasste: »What are you doing with the dead ones?«*

Eine andere Flugbegleiterin begann, aus welchen Gründen auch immer, während der Verabschiedungsansage zu lachen und konnte nicht mehr weiter sprechen. Als auch der dritte Anlauf in einem Lachen endete, entschloss sie sich, ihre Ansage massiv abzukürzen und beschränkte sich auf: »Bleiben Sie bitte sitzen, vielen Dank und auf Wiedersehen!«
Obwohl die essentiellen Inhalte über Rauch- und Handyverbot, Informationen für Anschlusspassagiere und gute Wünsche für den folgenden Abend ersatzlos gestrichen waren, lachten auch die meisten Gäste beim Aussteigen und bedankten sich für einen fröhlichen Flug.

nachwort

Das Flugzeug ist mein zweites Zuhause geworden.
Ich verbringe pro Jahr ungefähr 800 Stunden auf diesen wenigen Quadratmetern, ohne auf einem Flug kurz einmal hinausgehen zu können, um durchzuatmen. In 25 Jahren ergibt das in Summe 20.000 Stunden oder 833 Tage oder fast zweieinhalb Jahre im Flugzeug.
Ich liebe Flugzeuge, und ich liebe alles, was mit Flugzeugen zu tun hat.
Ich liebe das Geräusch der Triebwerke, das Gefühl der Beschleunigung beim Start, die Sonnenaufgänge über den Wolken und die Eindrücke fremder Kulturen. Ich liebe auch meine Arbeit mit vielen Kolleginnen und Kollegen, die Abwechslung und die interessanten Gespräche mit fremden Menschen.
Ich habe das Glück, einen Beruf gefunden zu haben, der mir täglich Freude macht und mir ganz sicher vorbestimmt gewesen ist. Am Tag meiner Geburt haben österreichische Zeitungen vom »Weihnachtswunder in Schwechat« berichtet. Damals sind nach dem Absturz einer Maschine der Air France alle Passagiere unverletzt aus dem brennenden Flugzeugwrack entkommen. Ich sehe darin einen positiven Zusammenhang zwischen meiner Person und dem »Fliegen«.
Und nicht zu Unrecht sagte ein Fluggast einmal zu mir: »Wer den Himmel im Namen hat, muss ja wohl fliegen.«

Dennoch stehe ich nicht jeder Situation kritiklos gegenüber und habe mir in diesem Buch erlaubt, mich auch über die eine oder andere lustig zu machen.
Ich hoffe, dass Sie, werter Leser, mir das nicht übel nehmen.
Sollten Sie sich in meinen Anekdoten nicht wieder gefunden haben, dann gehören Sie zu den sehr geschätzten Gästen, an die ich mich im Detail leider nicht erinnern kann.
Sollten Sie sich auf den Schlips getreten fühlen, dann besteht ja immerhin die Möglichkeit, dass Sie mit mir darüber lachen können und mir auf Ihrem nächsten Flug wissend zuzwinkern.

erläuterungen

flug nr. 1 / die großen

✈ I pay for Business Class/ich zahle für Business Class

✈ don't fool me/ halten Sie mich nicht zum Narren

flug nr. 2 / die kleinen

✈ thank you Madame, the breakfast was excellent/ danke gnädige Frau, das Frühstück war ausgezeichnet

flug nr. 3 / die weiblichen

✈ shut up/ halten Sie den Mund

✈ Purser oder Purserette/ Chef oder Chefin der Kabinenbesatzung auf einem Langstreckenflug

flug nr. 4 / die männlichen

✈ well I know what ficken is, but what the hell is chish?/ ich weiß was ficken bedeutet, aber was zur Hölle ist chish?

✈ Whisky on the rocks / Whisky mit Eis

✈ it's the law/ das ist Gesetz

✈ in this case I am the law/ in diesem Fall bin ich das Gesetz

✈ then you have to contact a higher authority/dann müssen Sie sich an eine höhere Stelle wenden

✈ sorry Sir, the line to the Vatican is busy!/ tut mir leid mein Herr, die Verbindung zum Vatikan ist besetzt!

flug nr. 5 / die exotischen

✈ do you know how we call you in our country?/ wissen Sie, wie man Sie in unserem Land nennt?

✈ we call you servant / wir nennen Sie Diener

✈ we call you taxi driver/ wir nennen Sie Taxifahrer

✈ I am dirty and my wife is dirty too/ich bin schmutzig und auch meine Frau ist schmutzig

✈ if I wet my pants, I will sue you!/ wenn ich mir in die Hosen mache, verklage ich Sie!

✈ is this real whitegold? /ist das echtes Weißgold?

✈ are this diamonds real?/ sind das echte Diamanten?

✈ yes, this is real whitegold with real diamonds and if you take two, you get a Porsche for free/ ja, das ist echtes Weißgold mit echten Diamanten, und wenn Sie zwei Stück davon nehmen, bekommen Sie einen Porsche dazu geschenkt!

✈ just a joke/ war nur ein Scherz

✈ do you sell condoms?/ verkaufen Sie auch Kondome?

✈ even if they do, they will not sell size x-small/ selbst wenn sie das tun, verkaufen sie keine in extraklein

flug nr. 6 / die harmlosen

✈ eierlegendes Wollmilchschwein/ eine Situation oder eine Sache, die allen Ansprüchen gerecht wird

✈ Lavatory/Toilette

✈ first name / Vorname

✈ surname /Nachname

✈ date of birth/ Geburtsdatum

✈ Purpose of visit / Grund der Reise

✈ Occupation/Beruf

✈ Port of Embarkation / Abflughafen

✈ sex / Geschlecht

✈ male / männlich

✈ female/ weiblich

✈ Hotel Voucher / Hotelgutschein

flug nr. 7 / die kranken

✈ medical case/ medizinischer Fall

flug nr. 9 / die flugtiere

✈ heast Blondy reib umma a sechzehna Blech/ blondes Fräulein geben Sie mir bitte eine Dose Ottakringer Bier

✈ Nanny/ Kindermädchen

✈fuck you/ fick dich
✈oh thank you Madame, exactly the same to you/ vielen Dank gnädige Frau, ich wünsche Ihnen genau dasselbe
✈is there any choice honey?/ Herzchen, gibt es eine Auswahl?
✈of course Madame, there is the choice to eat or not to eat!/ natürlich gnädige Frau, sie haben die Wahl zu essen oder nicht zu essen!
✈Hokuspokus, one two three, let this coffee now be tea!/ Hokuspokus, eins, zwei, drei, aus dem Kaffee soll jetzt Tee werden!
✈sorry, didn't work/ tut mir leid, hat nicht funktioniert!
✈thank you for the coffee you didn't bring me/ danke für den Kaffee, den Sie mir nicht gebracht haben
✈good buy to all leaving passengers/ auf Wiedersehen allen aussteigenden Passagiere
✈living passengers/ lebende Passagiere
✈what are you doing with the dead ones?/ was tun Sie mit den toten?
✈Finger gate/ beweglicher Verbindungsgang, mit dem man direkt vom Flughafengebäude in das Flugzeug gehen kann

impressum

FN 161405k Landesgericht Krems · www.cbverlag.at

Gedruckt in Österreich
Konzeption und Abwicklung: Christian Böhm, Angela Pengl-Böhm, Birgit Schilcher
Layout und Covergestaltung: Ewald Frühwirth, Der Fewa Mediendesign
Druck: Ferdinand Berger & Söhne GesmbH
Illustrationen: Isabella Taborsky
Copyright Foto Rückseite: Andreas Novotny

ISBN 978-3-200-01359-9